中華文化百家書

宋詞

遲乃義 鉑淳 主編

主編 遲乃義 鉑　淳

繪畫（以本書中作品先後為序）

苗重安　孫文鐸　孫志卓　高向陽　汪國新　廖松崗

顧炳鑫　戴敦邦　孔維克　陳　謀　吳澤浩　劉大為

謝志高　馬振聲　杜滋齡　甘雨辰　王同仁　范　曾

呂士榮　劉旦宅　紀清遠　馮　遠

書法（以本書中作品先後為序）

歐陽中石　劉炳森　王玉書　蘇士澍　解小青　張　榮

郭雅君　鄒德忠　段成桂　楊再春　葉培貴　谷　溪

金運昌　林　岫　沈　鵬　姚俊卿　張　飆　熊伯齊

李　鐸　康　莊　董正賀　羅　楊　張　傑

詞注 丁國成　遲乃義　徐振邦　馬玉梅　李　靜

策劃 鉑　淳

序言

關於詞的起源，學術界說法很多。葉嘉瑩女士在《靈溪詞說·論詞的起源》中說：「所謂『詞』之為義，原不過指唐代一種合樂歌唱的歌詞。」「是自隋代以來伴隨着這種新興的音樂（指唐代集南北漢胡多種音樂之大成的音樂）之演變而興起的、為配合此種音樂之曲調而填寫的歌詞。」中唐以後，眾多文人開始用這種新體歌詞進行創作，「詞」逐漸形成中國文學中一種重要的體裁。入宋以後，詞的寫作興盛起來，詞的意境、形式、技巧都發展到了鼎盛時期，最終成為宋代文學的代表形式，贏得了與詩相當的文學地位。

宋詞選本自宋以來不斷出現，與唐詩選本一樣，多得難以統計。這些選本，或選一個流派，或選一個時期，或選一個詞人，或針對不同的對象，有不同的編排。另一方面，以詞為表現內容的「詞意畫」也大量出現。柳永、歐陽修、蘇軾、李清照、辛棄疾等著名詞人的許多詞作被畫家選中，創作為「詞意畫」。詞畫互動的形式，大大增強了詞與畫的影響。詞長出了翅膀，畫擴大了題材。這是傳統文化精華傳播的很好形式。

本書綜合了優秀的宋詞詞作和據此而作的書畫作品的狀況，精選了四十位宋代詞人的百篇佳作及書畫家據此而創作的「詞意畫」。詞作採自中華書局版《全宋詞》。也再次向樂於配合的書畫家和詩詞專家表示誠摯的謝意。希望通過大家的共同努力，能使傳統文化的藝術性普及工作開出鮮花，結出碩果。

編者

二〇一三年七月

目錄

點絳唇

感興

王禹偁

雨恨雲愁，江南依舊稱佳麗。
水村漁市，一縷孤煙細。
天際征鴻，遙認行如綴。平生事，
此時凝睇，誰會憑闌意。

征鴻：遠飛的大雁。
行如綴：形容成行的大雁排列有序，如同聯結在一起一樣。
凝睇：凝視。
會：領悟，領會。

這首《點絳唇》作於王禹偁知長洲（今江蘇吳縣）時。詞作描繪了江南水鄉的自然風物，設色淡雅，用筆清新，在委婉的鋪寫中，暈染着一種淡淡的哀愁，其中既有客居異鄉的羈旅之思，也有曲高和寡的孤寂。《詞苑》評此詞謂：「清麗可愛，豈止以詩擅名。」

苗重安 繪

重安

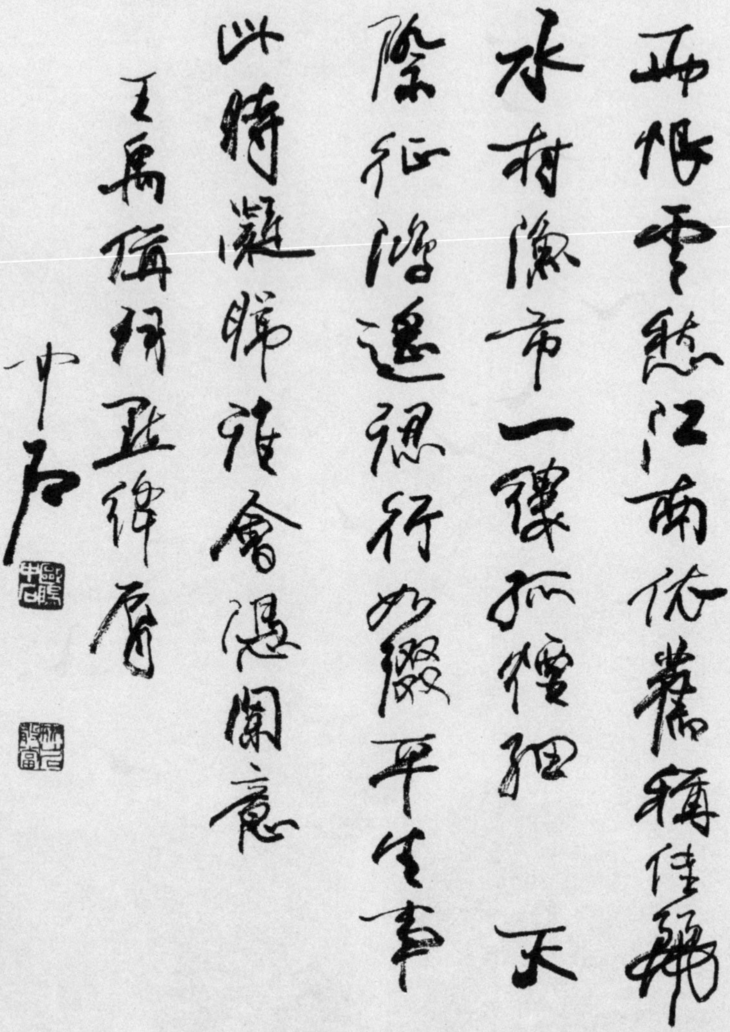
雨恨雲愁江南依舊稱佳麗
水村漁市一縷孤煙細天
際征鴻遙認行如綴平生事
此時凝睇誰會憑闌意
王禹偁點絳唇
中石

歐陽中石 書

王禹偁詞《點絳唇》

中石

江南春

寇準

波渺渺，柳依依。孤村芳草遠，斜日杏花飛。江南春盡離腸斷，蘋滿汀洲人未歸。

渺渺：形容水波悠遠無際。
依依：形容樹枝柔弱，隨風搖擺。
汀洲：水中小洲。

這首《江南春》是一首懷人詞。起首四句寫景，在景物描寫中飽含着深情。暮春時節，惹起的是女主人公韶華將逝的傷感，讓人倍增懷遠的情思。柳和芳草都是古人懷遠思人的常用意象，「柳」諧音「留」，古人送別時有折柳留別的習俗；「芳草」典出《楚辭・招隱士》：「王孫遊兮不歸，春草生兮萋萋。」最後二句，鋪陳直敘，寫春盡人不歸，直令人肝腸寸斷。此詞雖為小令，而言短意長，情思綿渺悠長，纏綿悱惻，頗為動人。

孫文鐸 繪

壬午初秋
文鐸寫寇準《江南春》詞意

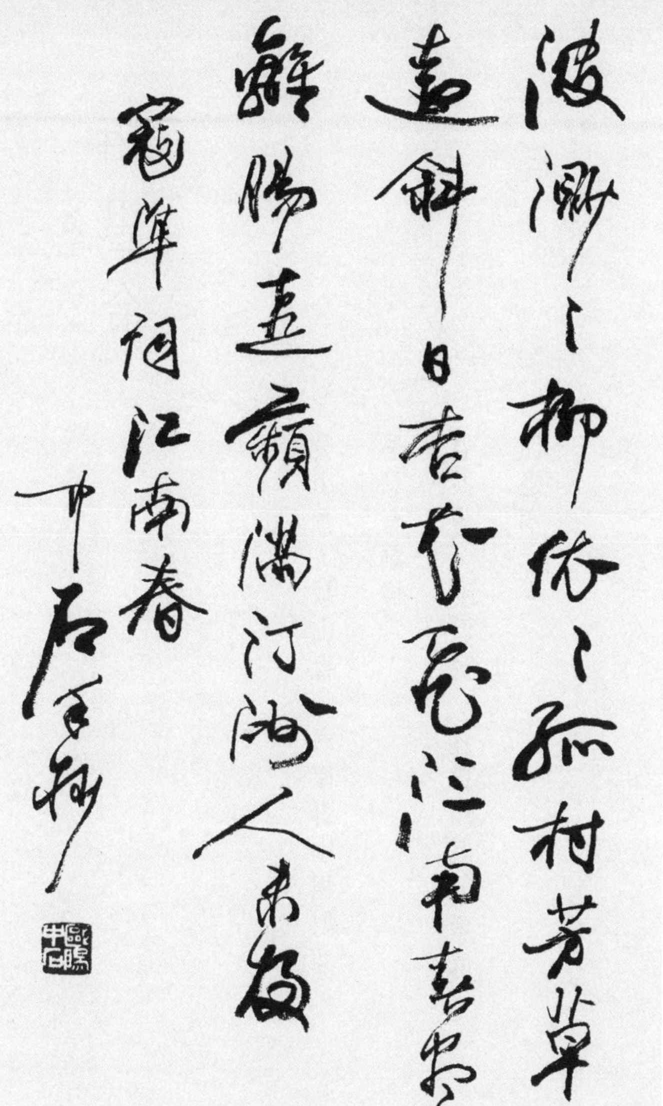
波渺渺柳依依孤村芳草遠
斜日杏花飛江南春盡離腸斷
蘋滿汀洲人未歸
寇準詞江南春
中石手抄

歐陽中石 書

寇準詞《江南春》

中石手抄

相思令

林逋

吳山青，越山青，兩岸青山相對迎。
爭忍有離情。
君淚盈，妾淚盈，羅帶同心結未成。
江邊潮已平。

這首《相思令》是一首送別詞，寫的是一年輕女子錢塘江邊送別愛人的情形。詞的上片寫景，下片抒情。春秋時錢塘江的南岸屬於越地，北岸屬於吳地。這裏以景喻人，說兩岸青山依舊，相對而立，永不分離，然而令人傷懷的是，青山卻見證了一次又一次的人生離別。就如同這一次，又一對青年男女將在這裏執手話別。離別帶給男女雙方的是滿眼的淚水和滿心的痛苦，而象徵着兩人愛情的同心結還沒有編成，潮水已經漲起與堤堰齊平，心愛的人兒就要乘船遠去了。這首詞模擬年輕女子口吻，寫出了離別的痛苦，情景交融，感情深摯，語言清新自然，是北宋前期小令中的佳作。

苗重安 繪

重安

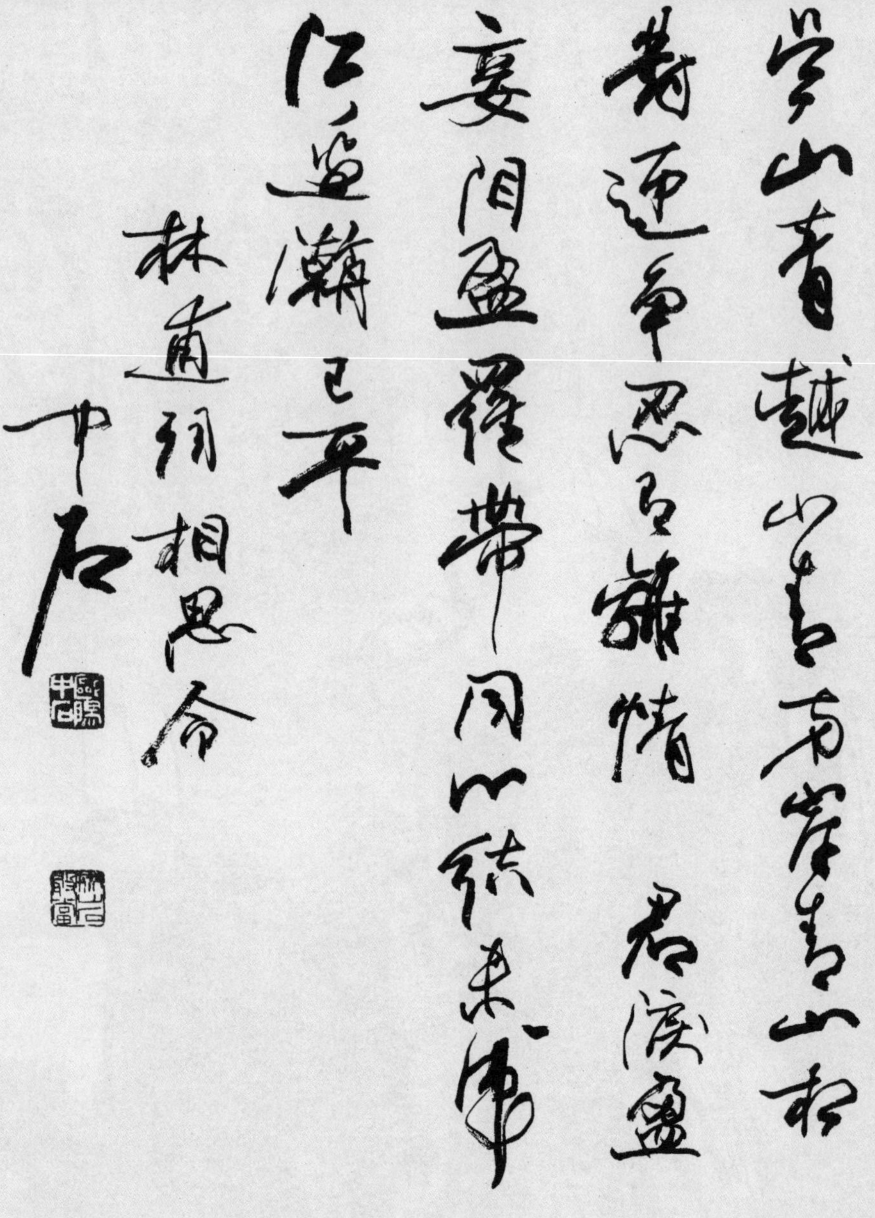
吳山青越山青兩岸青山相送迎誰知離別情
君淚盈妾淚盈羅帶同心結未成江頭潮已平
林逋詞相思令
中石

歐陽中石 書

林逋詞《相思令》

中石

蘇幕遮　懷舊

范仲淹

碧雲天，黃葉地。秋色連波，波上寒煙翠。山映斜陽天接水。芳草無情，更在斜陽外。

黯鄉魂，追旅思。夜夜除非，好夢留人睡。明月樓高休獨倚。酒入愁腸，化作相思淚。

蘇幕遮：詞牌名。此調原為西域傳入唐教坊曲。「蘇幕遮」是當時高昌國語之音譯。宋代詞家用此調是另度新曲。又名《雲霧斂》、《鬢雲松令》。

黯：心情沮喪的樣子。

追：追隨，可引申為糾纏。

范仲淹在詞史上有一席之地，這功勞不能不歸於他的《蘇幕遮．懷舊》和《漁家傲．秋思》等。相思離別是文學的一個永恆主題。前此的詞作，抒寫離別之情，多是「男子而作閨音」，然而這首詞的特別之處卻在於以健筆寫柔情。這裏范仲淹抒發的是作為一個男人的相思，頗有幾分耐人尋味之處。詞的上片寫景，遠近結合，虛實相生。選擇碧雲、黃葉、綠波、翠煙、斜陽等幾個特定畫面，構成一幅色彩斑斕的秋之景。下片直抒胸臆，直言其懷鄉之情和羈旅之思。整首看去，風格低婉徘徊，卻又不失清剛之氣，確為北宋前期不可多得的詞作。

孫志卓

范仲淹《蘇幕遮》

壬午歲仲秋

志卓製並題

劉炳森

范仲淹句

炳森

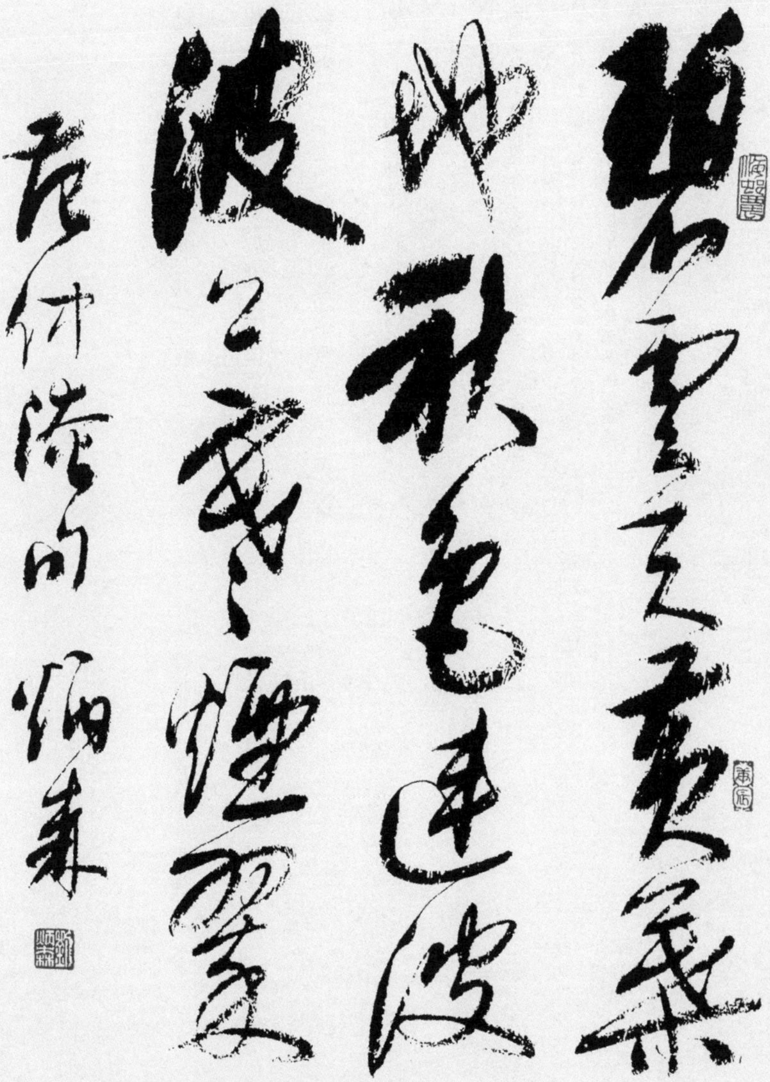
碧雲天黃葉
地秋色連波
波上寒煙翠
范仲淹句 炳森

漁家傲 秋思

范仲淹

塞下秋來風景異，衡陽雁去無留意。四面邊聲連角起。千嶂裏，長煙落日孤城閉。

濁酒一杯家萬里，燕然未勒歸無計。羌管悠悠霜滿地。人不寐，將軍白髮征夫淚。

塞下：邊塞，指西北邊防要地。
衡陽雁去：雁向衡陽飛去。傳説秋天北雁南飛，止於衡陽（今屬湖南）回雁峰，不再向南飛去。
邊聲：邊塞的各種聲音，如馬嘶、風沙聲、號角聲等。
角：古代樂器名，出西北遊牧民族，鳴角以示晨昏。軍中多用作軍號。
嶂：像屏障一樣的山峰。　長煙：長飄直飛的煙氣。
濁酒：顏色混濁的米酒。
燕然：山名，即今蒙古人民共和國境內的杭愛山。
勒：刻，這裏是刻石紀功之意。
羌管：羌笛，即笛子。漢代從西羌傳入內地的管樂器。
征夫：指邊防戰士。

這首詞是作者鎮守西北邊疆時所作。詞中描繪了荒涼蕭瑟的邊關秋色，抒發了邊防將士的家鄉之思和愛國之情。

高向陽 繪

范仲淹《漁家傲・秋思》詞意
壬午仲秋圖
向陽

塞下秋來風景異衡陽雁去無留意四面邊聲連角起千嶂里長煙落日孤城閉濁酒一盃家萬里燕然未勒歸無計羌管悠悠霜滿地人不寐將軍白髮征夫淚

范仲淹詞 漁家傲 王玉書

王玉書

范仲淹詞《漁家傲》
王玉書書

雨霖鈴

柳永

寒蟬淒切，對長亭晚，驟雨初歇。都門帳飲無緒，留戀處、蘭舟催發。執手相看淚眼，竟無語凝噎。念去去、千里煙波，暮靄沉沉楚天闊。

多情自古傷離別。更那堪、冷落清秋節。今宵酒醒何處，楊柳岸、曉風殘月。此去經年，應是良辰好景虛設。便縱有、千種風情，更與何人說。

這首《雨霖鈴》是柳永詞的代表作之一，也是一首古今傳唱不衰的離別名篇。詞中描寫詞人與一位女子離別的情形。詞的上片寫景敘事，寫秋天傍晚離別時的景物和送別場面。詞的下片轉入抒情，直接點出離別之苦，從對即將到來的這個難熬的酒醒之夜的傷怨，到對分別後滿腹衷情無人可訴的無數個日夜的推想，全是詞人情感的傾瀉。

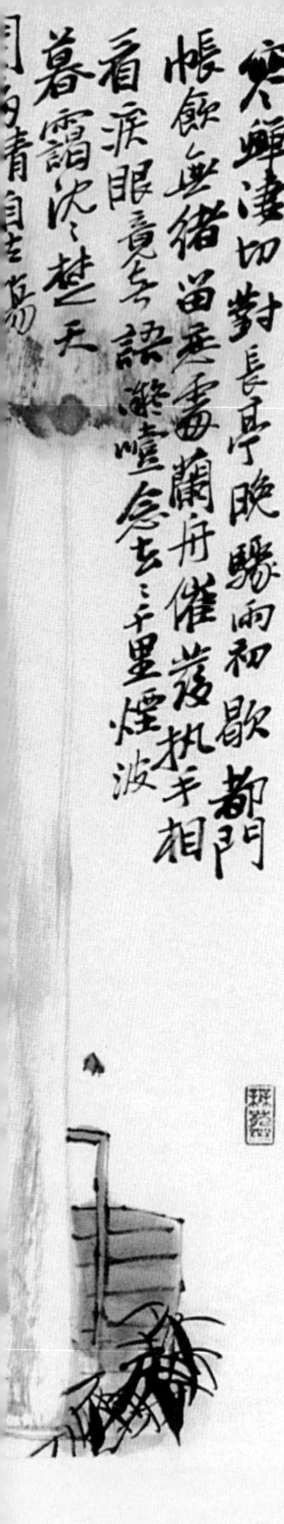
寒蟬淒切對長亭晚驟雨初歇都門
帳飲無緒留戀處蘭舟催發執手相
看淚眼竟無語凝噎念去去千里煙波
暮靄沉沉楚天

蘭舟：這裏是對船的美稱。任昉《述異記》：「（潯陽）七里洲中，有魯班刻木蘭為舟。舟至今在洲中。詩家所云木蘭舟，出於此也。」

凝噎：嗓子被氣憋住，哭不出聲，說不出話。

煙波：煙霧籠罩的水面。

暮靄：黃昏時的雲霞與霧氣。

楚天：指南方的天空。戰國時南方地區屬楚國。

風情：男女戀愛的情懷。

高向陽 繪

柳永詞意
壬午仲秋圖此並題
向陽

冷落清秋節
今宵酒醒何
處楊柳岸
曉風殘月
此去經年
應是良辰
好景虛
設便縱
有千種風
情更與
何人說
柳永詞
意手

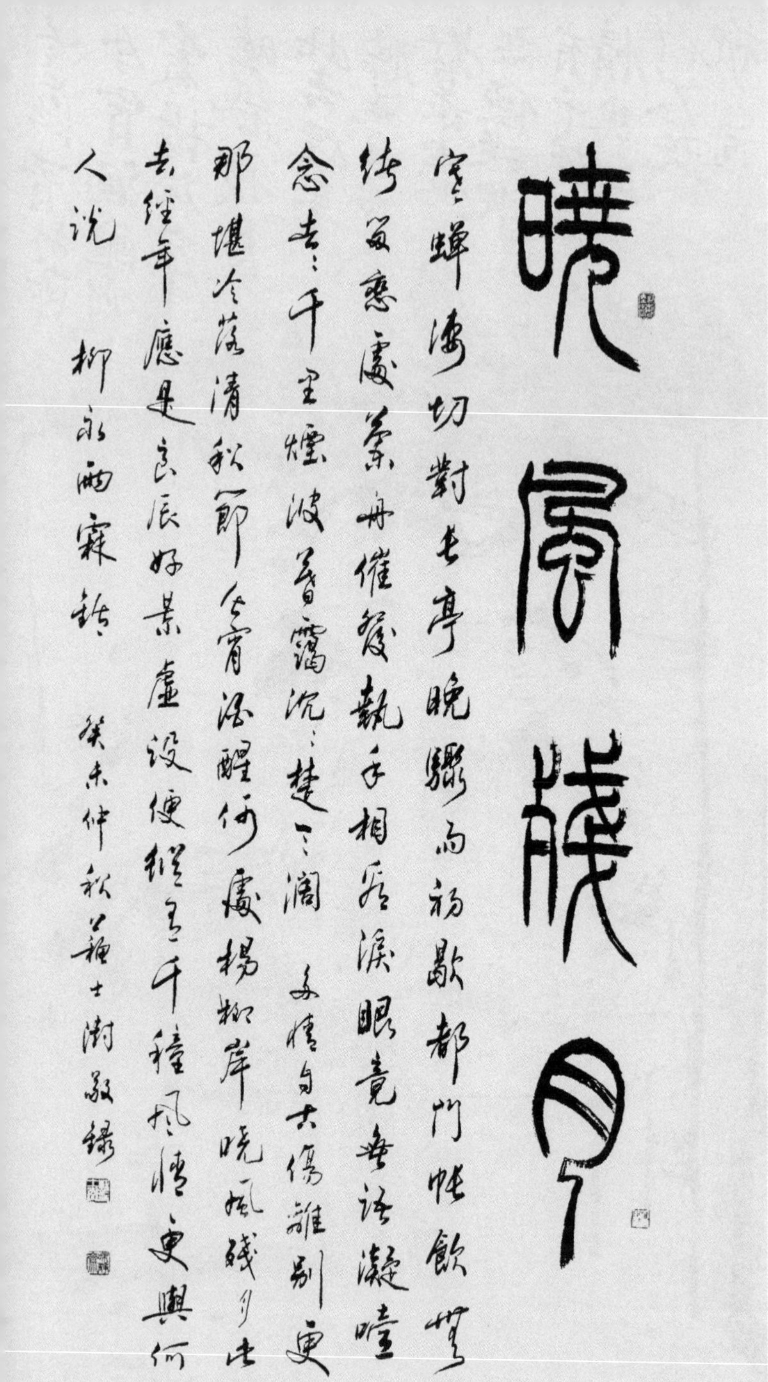
晚風殘月
寒蟬淒切對長亭晚驟雨初歇都門帳飲無
緒留戀處蘭舟催發執手相看淚眼竟無語凝噎
念去去千里煙波暮靄沉沉楚天闊多情自古傷離別更
那堪冷落清秋節今宵酒醒何處楊柳岸曉風殘月此
去經年應是良辰好景虛設便縱有千種風情更與何
人說 柳永雨霖鈴
癸未仲秋蘇士澍敬錄

蘇士澍

晚風殘月
柳永《雨霖鈴》
癸未仲秋
蘇士澍敬錄

鳳棲梧

柳永

佇倚危樓風細細。望極春愁，
黯黯生天際。草色煙光殘照裏。
無言誰會憑闌意。
擬把疏狂圖一醉。對酒當歌，
強樂還無味。衣帶漸寬終不悔。
為伊消得人憔悴。

佇：久立。
危樓：高樓。
黯黯：迷蒙不明。擬把：打算。
疏狂：粗疏狂放，不合時宜。
對酒當歌：語出曹操《短歌行》：「對酒當歌，人生幾何。」
強樂：強顏歡笑。

這是一首懷人詞。詞中言思念之苦，情感深摯。詞的上片寫景敘事，寫詞人登高懷遠，遠處的煙光草色映入眼簾，惹動心中久儲的離別愁緒。詞的下片抒情，寫思念之苦，詞人意欲借酒澆愁，強顏歡笑，但是伊人的影子總是揮之不去。詞的最後兩句，用語平實但堅決，表現對愛情的執着，歷來為人所激賞。

苗重安

重安

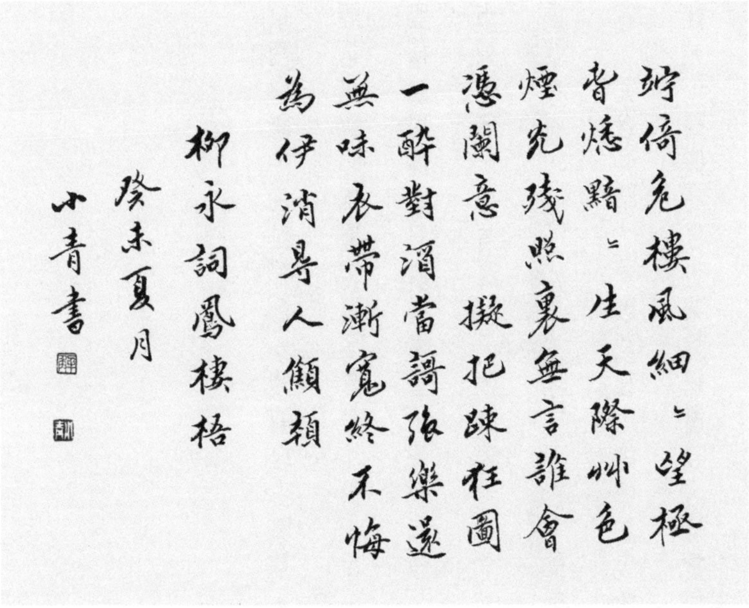
佇倚危樓風細〻望極
春愁黯〻生天際草色
煙光殘照裏無言誰會
憑闌意 擬把踈狂圖
一醉對酒當歌強樂還
無味衣帶漸寬終不悔
為伊消得人憔悴
柳永詞鳳棲梧
癸未夏月
小青書

解小青

柳永詞《鳳棲梧》
癸未夏月
小青書

望海潮

柳永

東南形勝，三吳都會，錢塘自古繁華。煙柳畫橋，風簾翠幕，參差十萬人家。雲樹繞堤沙。怒濤捲霜雪，天塹無涯。市列珠璣，戶盈羅綺，競豪奢。

重湖疊巘清嘉。有三秋桂子，十里荷花。羌管弄晴，菱歌泛夜，嬉嬉釣叟蓮娃。千騎擁高牙。乘醉聽簫鼓，吟賞煙霞。異日圖將好景，歸去鳳池誇。

這首詞傳為柳永赴京應試時投贈兩浙轉運使孫沔的詞作，是柳永的代表作之一。詞中極盡鋪排之能事，描繪了繁華富庶的古錢塘風物。除去最後二句為投獻的恭維之語，其餘全為寫景。從首二句概括性地鋪敘錢塘風物之勝，到「千騎擁高牙。乘醉聽簫鼓，吟賞煙霞」對太守的重點聚焦，由遠景而及中景、近景，乃至特寫，景物鋪寫層次分明。如果說詞的上片多是遠距離的廓大的景物和場面的描繪的話，下片則集中於西湖的勝景，是一組具體而細微的物象的排比，從廓大到細微，從概括到具體，章法儼然，佈局有序，杭州的繁盛躍然紙上。

參差：不齊的樣子。
霜雪：這裏指江水的波濤。
天塹：天然形成的隔斷交通的大壕溝。這裏指錢塘江。
珠璣：珠寶。
羅綺：羅與綺皆為絲織品，這裏指衣着高貴華麗的人。
重湖：西湖中白堤將湖分為裏湖和外湖，故稱。
疊巘（yǎn）：重疊的山峰，指葛嶺、南北高峰等。
清嘉：清秀美好。
三秋：指秋季的三個月。
高牙：大將的牙旗。此處指孫沔的儀仗。
煙霞：指山水風光。
鳳池：鳳凰池，中書省（中央最高政務機構）的美稱。

汪國新

東南形勝

汪國新於北京

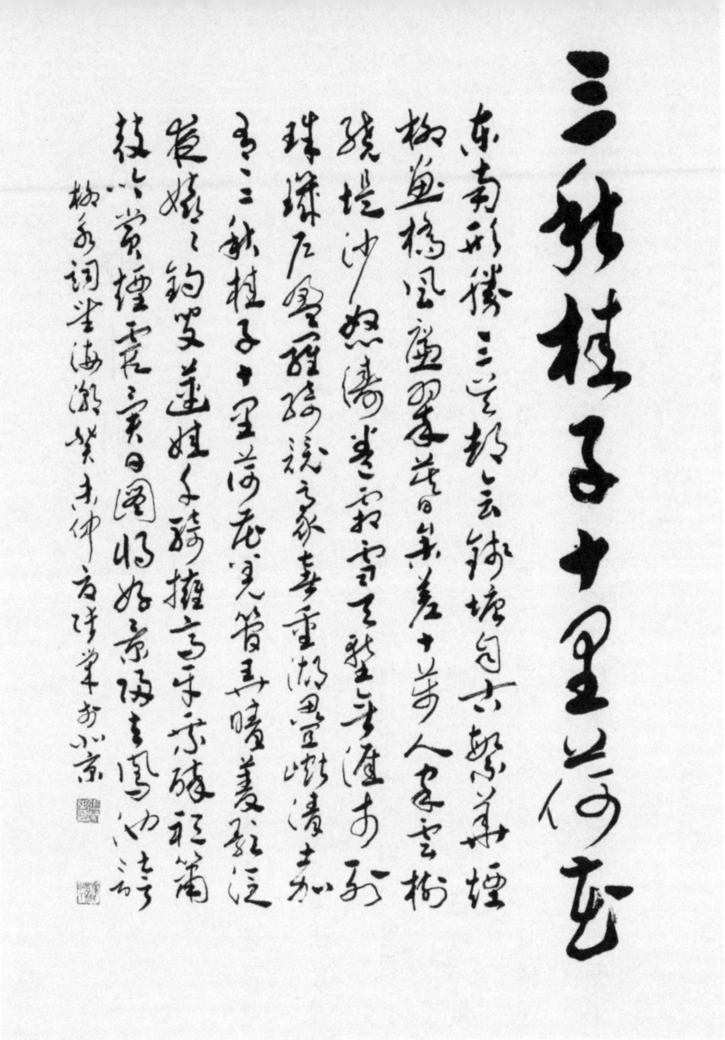

張榮 書

三秋桂子十里荷花
柳永詞《望海潮》
癸未仲夏
張榮於北京

八聲甘州

柳永

對瀟瀟、暮雨灑江天，一番洗清秋。漸霜風淒緊，關河冷落，殘照當樓。是處紅衰翠減，苒苒物華休。惟有長江水，無語東流。

不忍登高臨遠，望故鄉渺邈，歸思難收。歎年來蹤跡，何事苦淹留。想佳人、妝樓顒望，誤幾回、天際識歸舟。爭知我、倚闌干處，正恁凝愁。

瀟瀟：形容雨聲急驟。

苒苒：漸漸地。物華：美好的景物。

顒（yóng）望：盼望。

天際識歸舟：謝朓《之宣城郡出新林浦向板橋》有「天際識歸舟，雲中辨江樹」句。

這首詞寫羈旅窮愁，思鄉懷人，情感真摯、濃烈。詞的上片寫登樓所見。淒冷的秋風，蕭瑟的秋景，還有默默東去的長江水。詞的下片寫登樓所思所想。自然風物的變化在詞人心中勾起的是悽楚與悲涼的身世之歎，客居他鄉的孤獨，「歸去」之意越來越濃。而登高望遠，讓他倍加思念遠方的佳人。此詞情景交融，景物描寫與情感抒發相得益彰。

汪國新 繪

《八聲甘州》柳永詞意

九八年十月十三日北京

汪國新

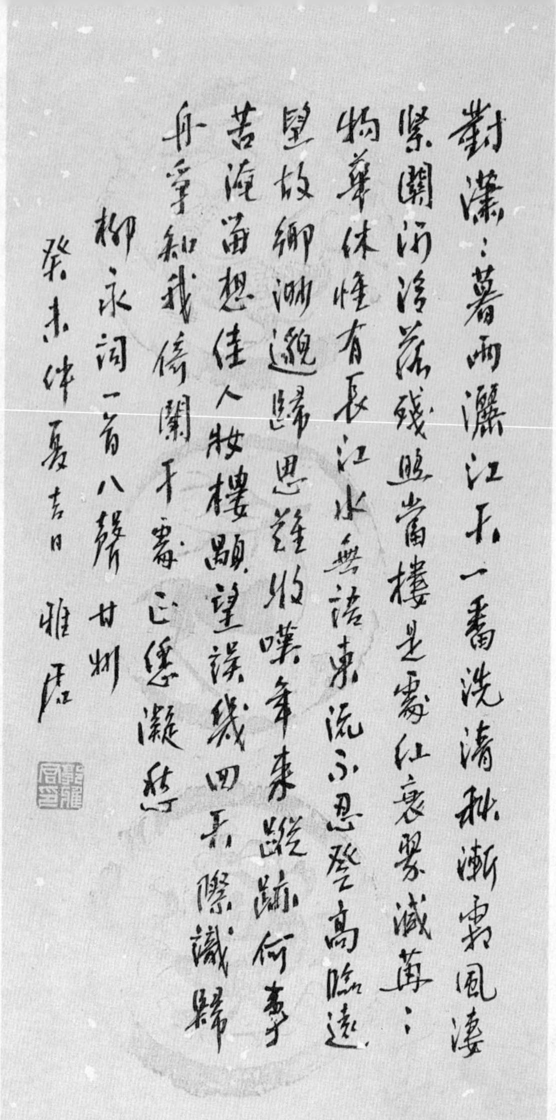
對瀟瀟暮雨灑江天一番洗清秋漸霜風淒
緊關河冷落殘照當樓是處紅衰翠減苒苒
物華休惟有長江水無語東流不忍登高臨遠
望故鄉渺邈歸思難收嘆年來蹤跡何事
苦淹留想佳人妝樓顒望誤幾回天際識歸
舟爭知我倚闌干處正恁凝愁
柳永詞一首八聲甘州
癸未仲夏吉日 雅君

郭雅君

柳永詞一首《八聲甘州》
癸未仲夏吉日
雅君

菩薩蠻

張先

藕絲衫剪猩紅窄，衫輕不礙瓊膚白。
緩鬢小橫波，花樓東是家。
上湖閑盪槳，粉豔芙蓉樣。湖水亦多情，照妝天底清。

這首詞描寫的是一個年輕貌美的佳人。詞的上片直接寫佳人的容貌，從她的穿戴服飾，到她的肌膚頭髮，最後點明佳人的居住所在。詞的下片用襯托的手法，寫其湖上泛舟，以景托人，實質上也是寫佳人。只是這裏通過對自然景物的描寫，襯托出這位女子的美貌多情。

廖松崗

癸未春

松崗於北京

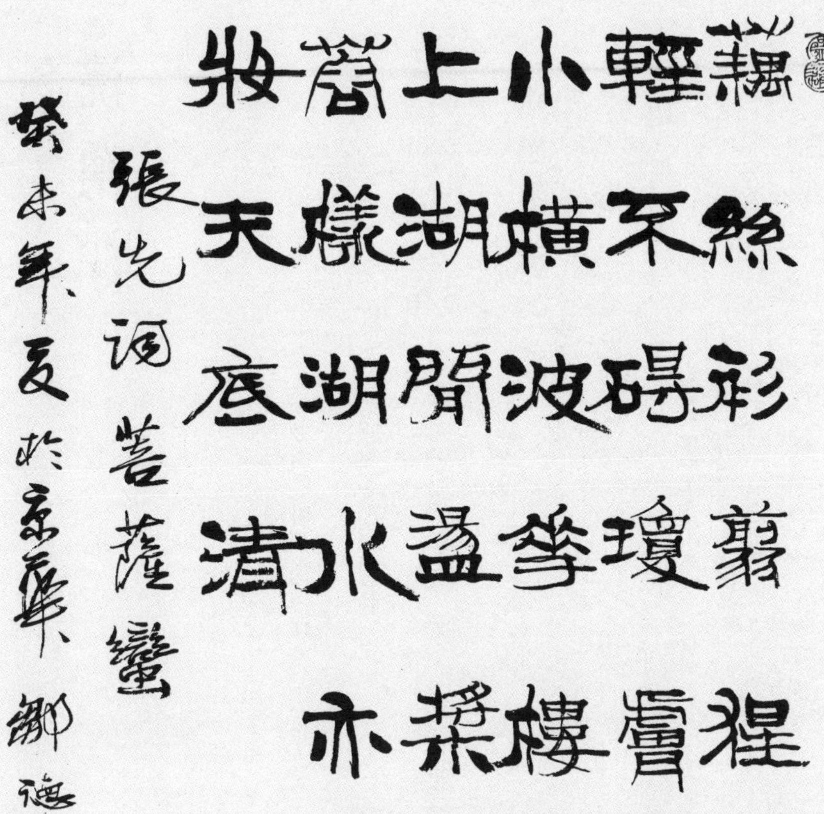

鄒德忠

張先詞《菩薩蠻》
癸未年夏於京華
鄒德忠書

浣溪沙

晏殊

一曲新詞酒一杯，去年天氣舊亭台。
夕陽西下幾時回。
無可奈何花落去，似曾相識燕歸來。
小園香徑獨徘徊。

香徑：飄散花香的小路。
徘徊：往復流連，不忍離去。

這首詞寫遊園感舊，悼惜春殘，慨歎好景不長、青春難駐。作者在一個暮春的傍晚，獨自徘徊於小園香徑，觸景生情，憶起去年此時曾在這裏宴集親朋好友，賓主觥籌交錯，歌聲美妙動人，而今天氣如昔，亭台依舊，卻不再有往日的歌酒樂事，面對夕陽西下，令人悵然若失，不禁想到人生短促，青春易逝，從而發出人生的喟歎。

一曲新詞酒一杯去年天氣舊亭台夕陽西下幾時回
無可奈何花落去似曾相識燕歸來小園香徑獨徘徊
庚辰春日寫晏殊浣溪沙詞意于海上

顧炳鑫 繪

庚辰春日寫晏殊《浣溪沙》
詞意於海上蘆頂樓
寶山顧炳鑫

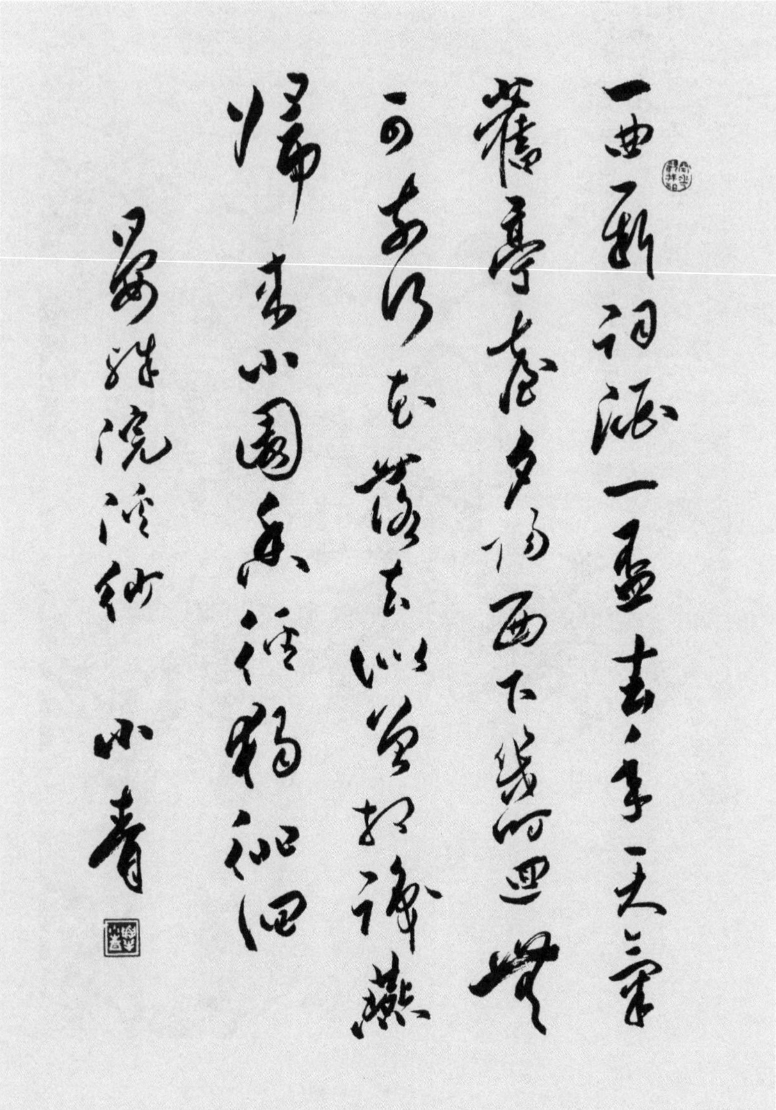

解小青 書

晏殊《浣溪沙》

小青

浣溪沙

晏殊

玉碗冰寒滴露華，粉融香雪透輕紗。
晚來妝面勝荷花。
鬢嚲欲迎眉際月，酒紅初上臉邊霞。
一場春夢日西斜。

玉碗冰寒：古時富貴人家冬時貯藏冰塊，夏時取置玉碗中，用以降溫。
香雪：指芬芳潔白的肌膚。
嚲（duǒ）：下垂。
眉際月：古時女子以黃粉塗額成圓形，似月，因位置在兩眉之間，故稱眉際月。

這首詞詠寫的是一位夏日閨閣美人。上片概寫美人夏日裝扮，下片特寫美人容貌，層次較為清晰。詞中所詠美人，頗有一種靜態美，儼然是一幅夏日仕女圖。

廖松崗

松崗（章）

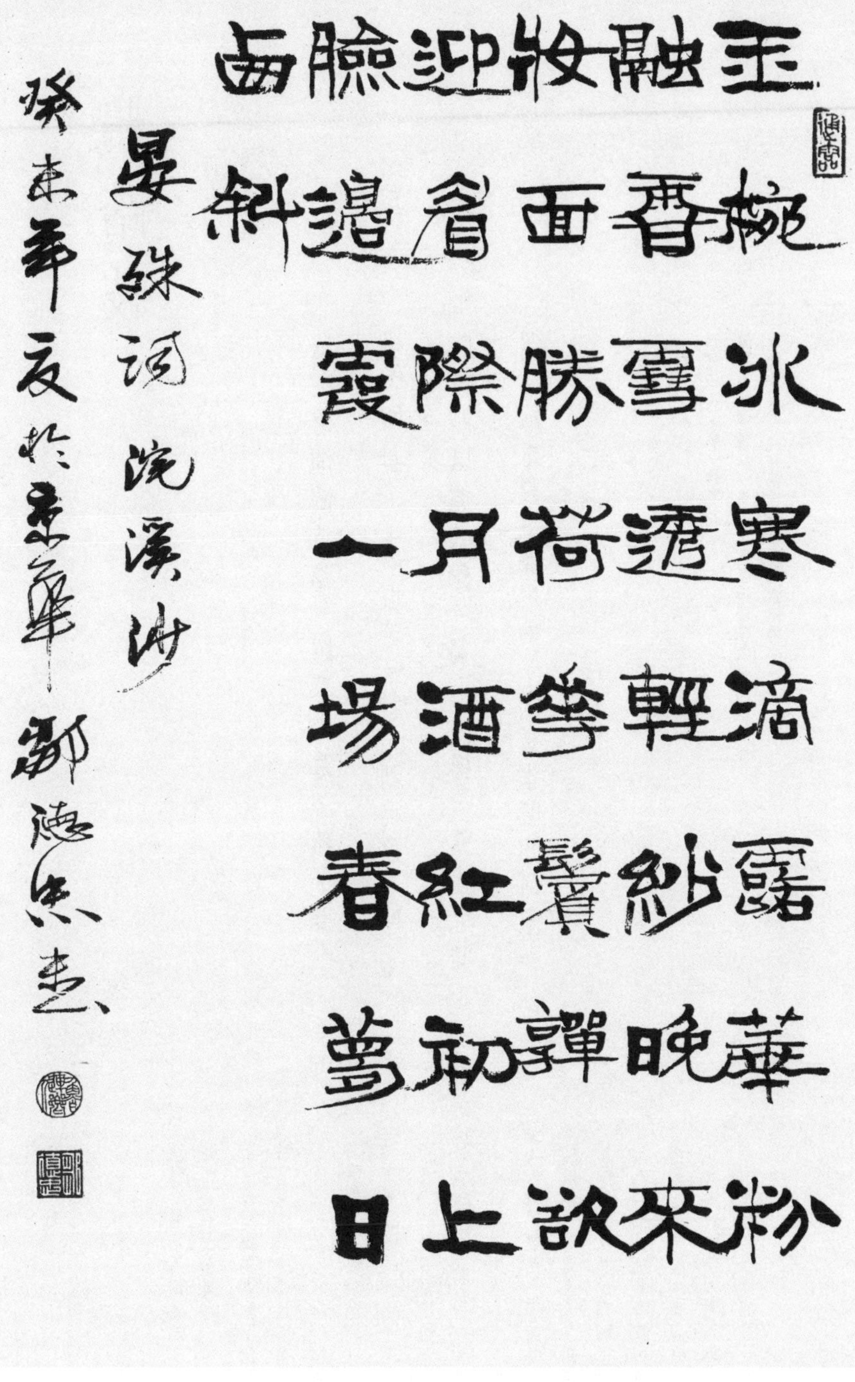
玉椀冰寒滴露華粉
融香雪透輕紗晚來
妝面勝荷花鬢嚲欲
迎眉際月酒紅初上
臉邊霞一場春夢日
西斜
晏殊詞浣溪沙
癸未年夏於京華鄒德忠書

鄒德忠 書

晏殊詞《浣溪沙》
癸未年夏於京華
鄒德忠書

鵲踏枝

晏殊

檻菊愁煙蘭泣露。羅幕輕寒，燕子雙飛去。明月不諳離恨苦。斜光到曉穿朱戶。

昨夜西風凋碧樹。獨上高樓，望盡天涯路。欲寄彩箋兼尺素。山長水闊知何處。

鵲踏枝：又名「蝶戀花」。

羅幕：絲羅製成的帷幕，這裏指羅幕內，即室內。

彩箋兼尺素：彩箋指詩箋，尺素指書信。

這是一首念人懷遠詞。詞中訴說了主人公獨處一室的愁苦，感觸深刻真切。詞的上片寫景，景中帶情，菊、蘭等本無愁苦可言，卻被主人公附加上了感情色彩，成了其主觀情感的外化。園中的菊花為輕煙薄霧所籠罩，似乎在發愁；蘭花上沾有露珠，好像在哭泣。還有那撇她而去的雙燕，不諳愁苦的明月，也都是主人公孤寂心情的外在反映。詞的下片寫主人公登高所見所感，登樓遠望，不見心中所思之人；想要寄封書信以慰相思，怎奈山長水闊，無處可寄。

廖松崗 繪

松崗造境

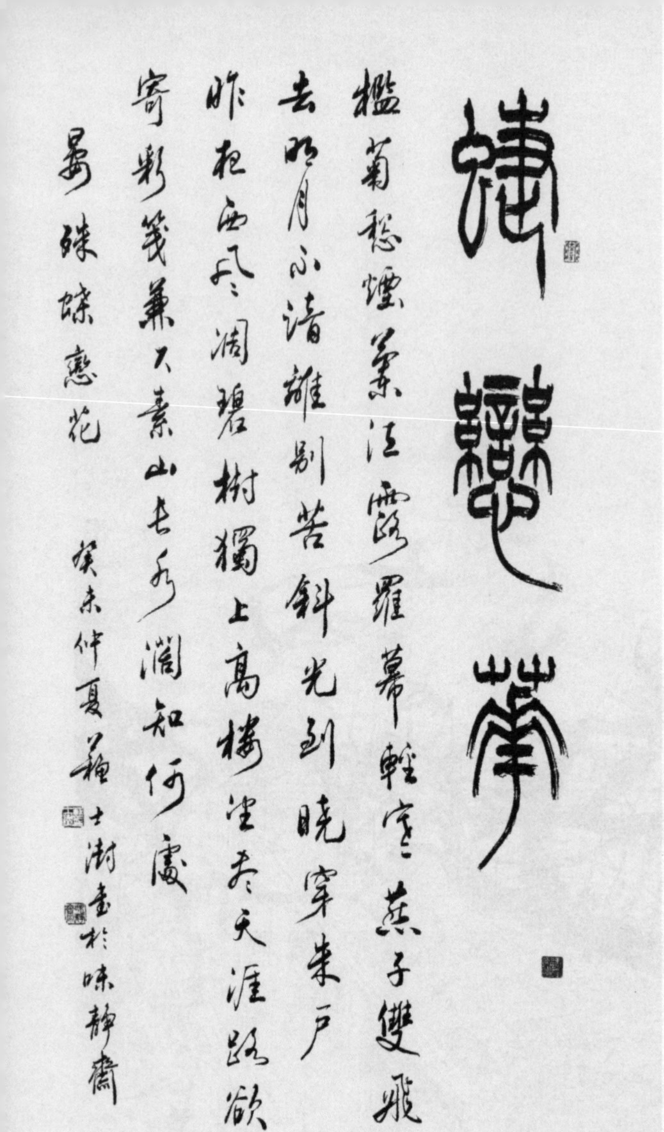
蝶戀花
檻菊愁煙蘭泣露羅幕輕寒燕子雙飛
去明月不諳離別苦斜光到曉穿朱戶
昨夜西風凋碧樹獨上高樓望盡天涯路欲
寄彩箋兼尺素山長水闊知何處
晏殊蝶戀花
癸未仲夏
士澍書於味靜齋

蘇士澍 書

蝶戀花
晏殊《蝶戀花》
癸未仲夏
蘇士澍書於味靜齋

踏莎行

晏殊

小徑紅稀，芳郊綠遍，高台樹色陰陰見。
春風不解禁楊花，濛濛亂撲行人面。
翠葉藏鶯，朱簾隔燕，爐香靜逐遊絲轉。
一場愁夢酒醒時，斜陽卻照深深院。

紅稀：花兒漸落，變得稀少。紅，代指花兒。
陰陰：暗暗地，隱約的樣子。
遊絲：飄浮在空中的蛛絲。

這是一首寫景言情詞。詞中除了「一場愁夢酒醒時」之外，均為寫景之句，且在寫景中分層設色，層次井然。詞的上片先寫院外之景，下片則從院外寫到院內。在詞中，詞人用精緻細密的筆墨，描繪了暮春的景色，運筆婉轉、含蓄，耐人尋味，抒發了因見春之將盡而產生的美人遲暮之感。

廖松崗

晏殊詞一首

癸未年

墨虎

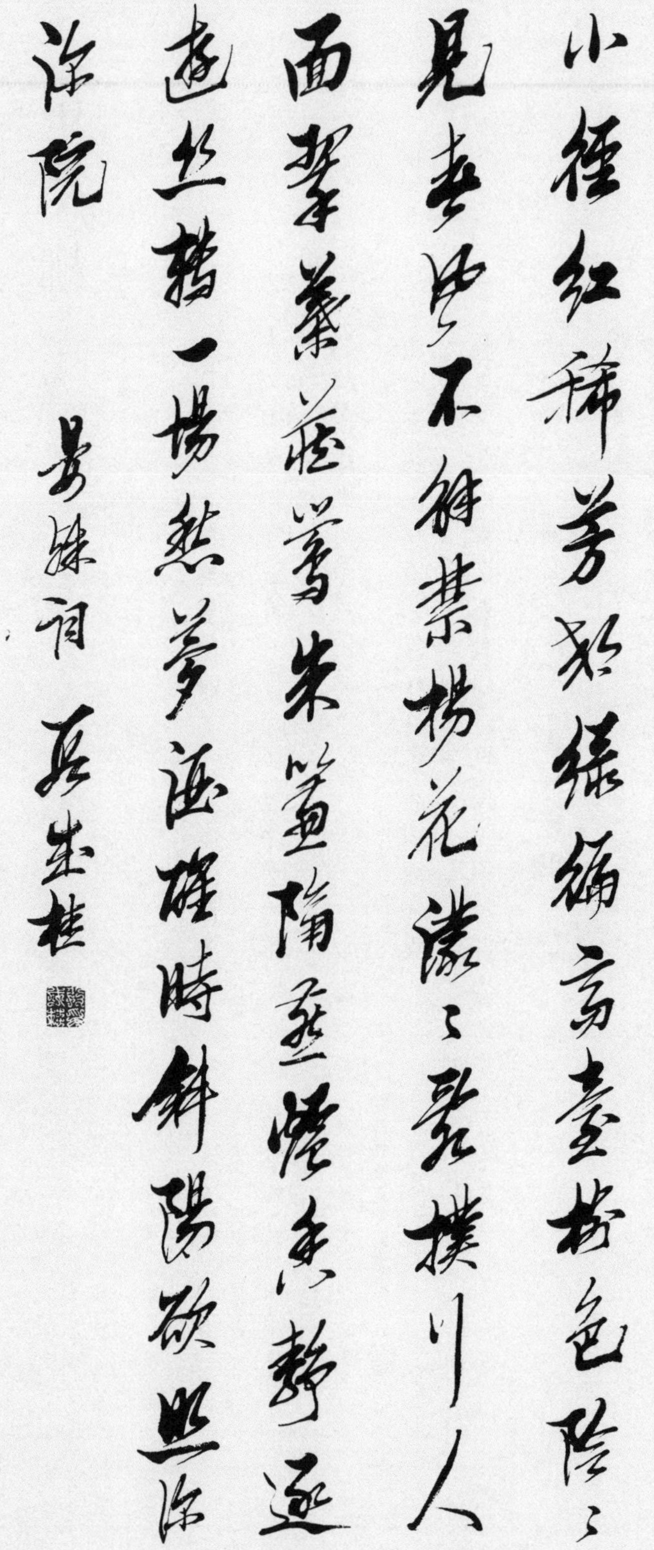
小徑紅稀芳郊綠遍高臺樹色陰陰
見春風不解禁楊花濛濛亂撲行人
面翠葉藏鶯朱簾隔燕爐香靜逐
遊絲轉一場愁夢酒醒時斜陽卻照深
深院
晏殊詞 成桂

段成桂

晏殊詞
段成桂

山亭柳 贈歌者

晏殊

家住西秦，賭博藝隨身。花柳上、鬥尖新。偶學念奴聲調，有時高遏行雲。蜀錦纏頭無數，不負辛勤。

數年來往咸京道，殘杯冷炙謾消魂。衷腸事、託何人？若有知音見採，不辭遍唱陽春。一曲當筵落淚，重掩羅巾。

西秦：項羽滅秦後，把秦地一分為三，稱「三秦」，其中西秦在咸陽以西。
念奴：唐玄宗天寶年間著名的歌女。
高遏行雲：形容歌聲激越高昂，可以使天上的行雲停下來。
蜀錦：古代以蜀地所產的絲織品最為著名，故稱。
纏頭：古代演出完畢，客人贈藝人的錦帛；後作為送給藝人禮物的通稱。
咸京：秦朝建都咸陽，故稱咸京，在今陝西咸陽。
陽春：即《陽春》曲，後多借指高雅歌曲。

這首詞敘述了一位歌伎的身世遭遇，流露出作者對其不幸的同情。詞的上片連用幾個典故，渲染了這位歌伎的出色技藝，下片則寫其年長色衰所遭受的冷遇，以及作者所發的感慨。

汪國新

——晏殊詞意
汪國新

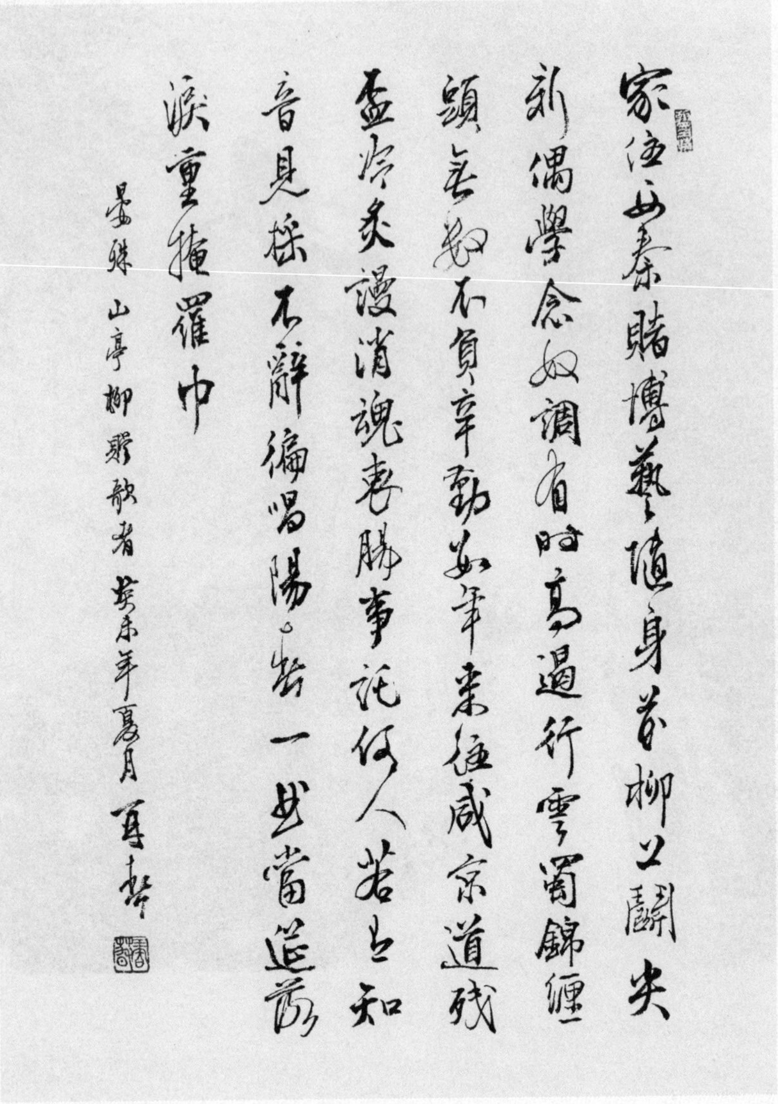
家住西秦賭博藝隨身花柳上鬥尖
新偶學念奴調有時高遏行雲蜀錦纏
頭無數不負辛勤數年來往咸京道殘
盃冷炙謾消魂衷腸事託何人若有知
音見採不辭徧唱陽春一曲當筵落
淚重掩羅巾
晏殊 山亭柳 贈歌者 癸未年夏月 再春書

楊再春

晏殊《山亭柳・贈歌者》

癸未年夏月

再春

破陣子

晏殊

春景

燕子來時新社，梨花落後清明。
池上碧苔三四點，葉底黃鸝一兩聲。
日長飛絮輕。

巧笑東鄰女伴，採桑徑裏逢迎。
疑怪昨宵春夢好，元是今朝鬥草贏。
笑從雙臉生。

新社：即春社，古時祭祀土神的日子，在立春後第五個戊日。
元是：原來是。
鬥草：古代婦女常採草進行比賽，作為遊戲。

這是一首春詞，表現了春天裏的風物人情，刻畫出了春的可愛。詞的上片描摹春景，寫春日到來，碧苔初生，黃鸝啁啾，太陽升高了，輕揚的柳絮四處飄飛。這是一幅明媚的春光圖。詞的下片寫人，作者選取了一對在採桑路上相遇的少女作為特寫對象，依然是圍繞着「春」來寫，少女們一路上說說笑笑，臉上洋溢着春的朝氣，笑容彷彿從雙頰飛了出來，原來是昨天晚上做了一個好夢，預示出了今天鬥春草要贏別人。這首詞語言清新自然，描寫生動，栩栩如生，在晏殊詞中堪稱上品。

廖松崗 繪

癸未之年春月

松崗寫於北京筆

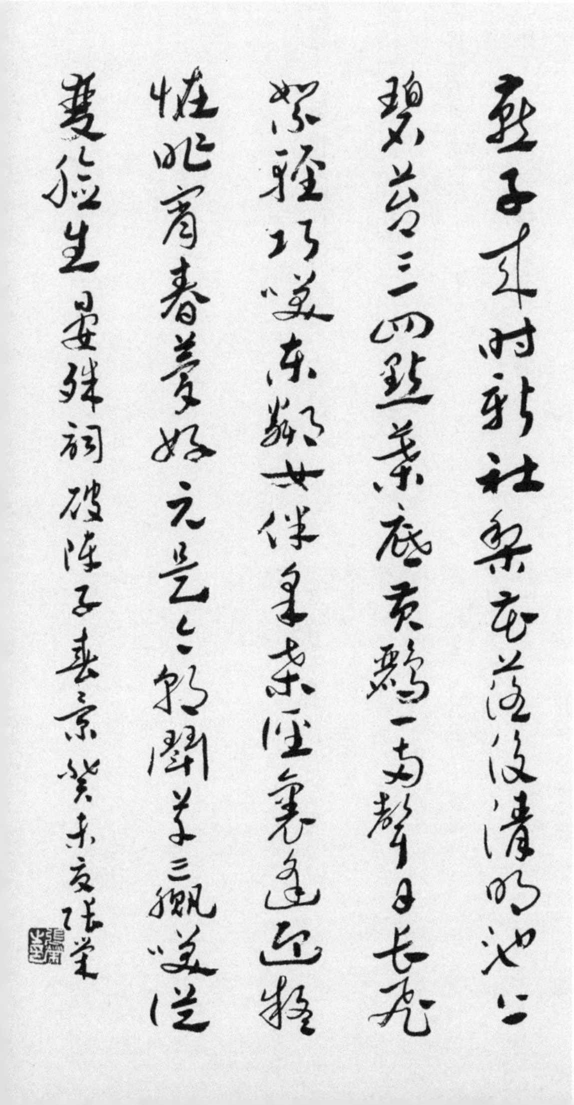

張榮 書

晏殊詞《破陣子・春景》

癸未夏 張榮

離亭燕

張昇

一帶江山如畫，風物向秋瀟灑。水浸碧天何處斷，翠色冷光相射。蓼岸荻花中，隱映竹籬茅舍。
天際客帆高掛，門外酒旗低迓。多少六朝興廢事，盡入漁樵閑話。悵望倚危欄，紅日無言西下。

荻花：多年生草本植物，生在水邊，葉子長形，似蘆葦，秋天開紫花。
低迓（yà）：低垂。

這首《離亭燕》描寫了六朝古都金陵一帶的自然風物，抒發了詞人對世事的感喟。詞的上片純為自然風物的描寫，起首二句為概述，接着四句由遠而近，由大到小，具體描述了不同的自然景物。詞的下片轉寫人事，從客帆、酒旗到六朝興亡，由今到古，引入對世事變遷的感歎。而六朝的興替如今留給後世的只是漁翁樵夫閑談的資料，這怎麼不讓詞人頓生感慨呢？

苗重安

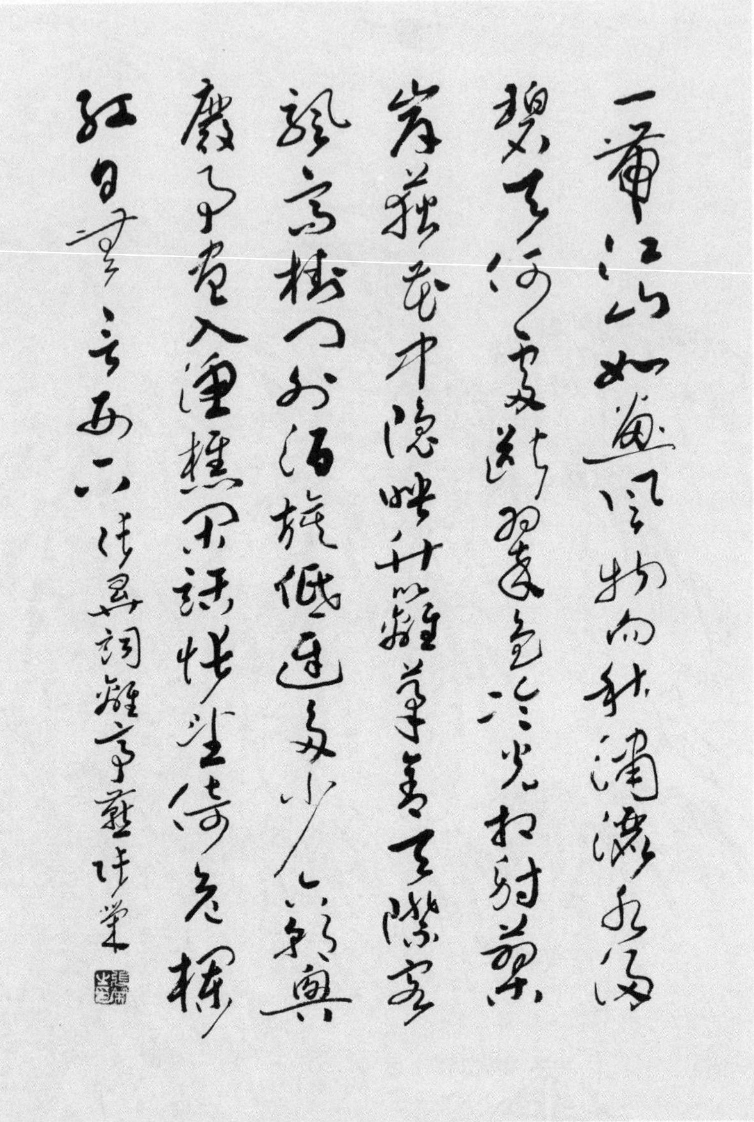
一帶江山如畫風物向秋瀟灑水浸
碧天何處斷翠色冷光相射蓼
嶼荻花中隱映竹籬茅舍天際客
帆高掛煙外酒旗低亞多少六朝興
廢事盡入漁樵閑話悵望倚危欄
紅日無言西下 張昇詞離亭燕 張榮

張榮 書

張昇詞《離亭燕》

張榮

玉樓春

宋祁

春景

東城漸覺風光好，縠皺波紋迎客棹。
綠楊煙外曉寒輕，紅杏枝頭春意鬧。
浮生長恨歡娛少，肯愛千金輕一笑。
為君持酒勸斜陽，且向花間留晚照。

縠（hú）皺波紋：水的波紋像皺紗似的。縠，皺紗一類的絲織品。
棹（zhào）：船槳，這裏指船。
肯愛：豈肯吝惜。

這首《玉樓春》寫春光的美好，喻青春年華的可貴，流露出時不我待、遲暮惜春的愁思。「紅杏枝頭春意鬧」一句，歷來被人稱道，作者在當時因此獲「紅杏枝頭春意鬧尚書」的雅號。

戴敦邦 繪

《玉樓春》宋祁

庚午春日

戴敦邦作宋詞圖於滬上田林深處

蘇士澍 書

木蘭花

宋祁《木蘭花》

癸未之秋

蘇士澍書於京華

木蘭花

東城漸覺風光好　縠皺波紋迎客棹

綠楊煙外曉寒輕　紅杏枝頭春意鬧

浮生長恨歡娛少　肯愛千金輕一笑為

君持酒勸斜陽且向花間留晚照

宋祁　木蘭花

癸未之秋　□士澍書於京華

踏莎行

歐陽修

候館梅殘，溪橋柳細，草薰風暖搖征轡。離愁漸遠漸無窮，迢迢不斷如春水。

寸寸柔腸，盈盈粉淚，樓高莫近危欄倚。平蕪盡處是春山，行人更在春山外。

候館：旅舍。
草薰：青草發出香氣。薰，香氣，香味。
征：指行路、旅行。
轡：韁繩。
迢迢：遙遠的樣子。
盈盈：清澈的樣子。
危欄：高樓上的欄杆。

這首《踏莎行》是一首抒寫離別情思的詞。詞的上片寫旅途中的行人。離別的情思隨着離家越來越遠而變得越來越濃。詞的下片為行人的推想，家中的「她」想必此時也在思念着自己，滿心傷悲。這首詞的安排很有特點，一種離思，兩個角度，正所謂「一種相思，兩處閑愁」，章法新穎別致。

孫志卓 繪

歐陽修《踏莎行》詞意

壬午歲秋

志卓製

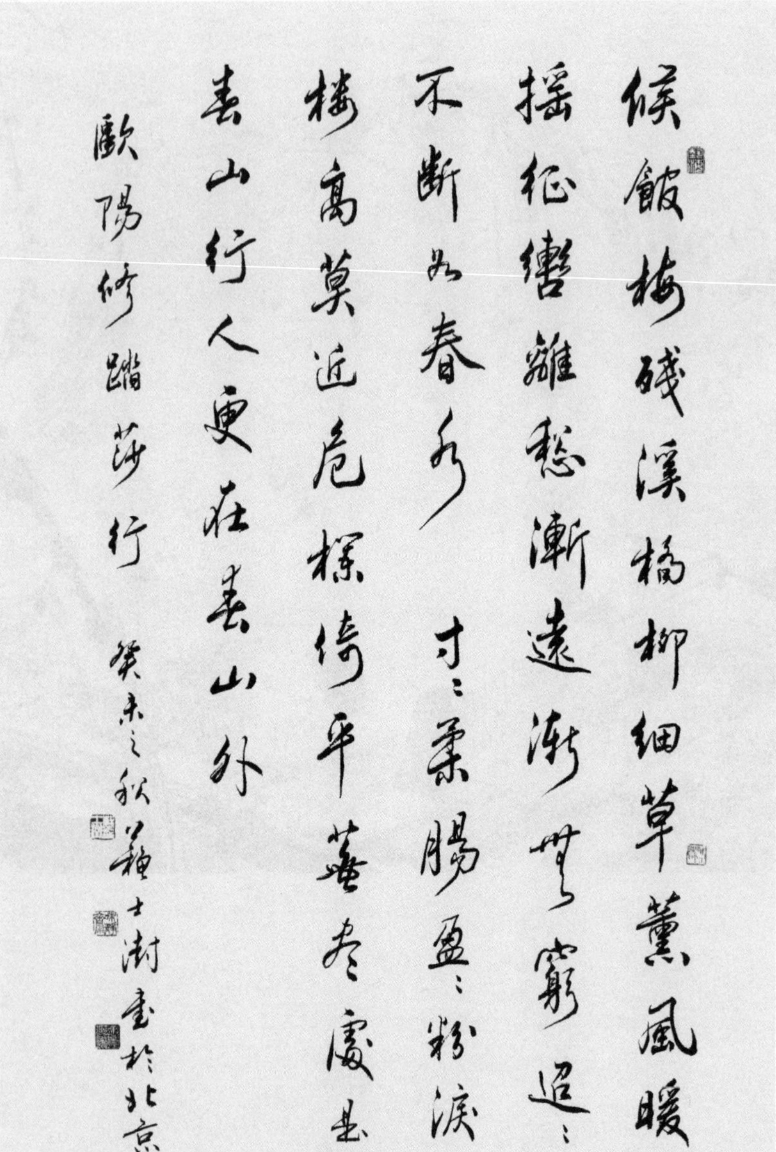
候館梅殘溪橋柳細草薰風暖
搖征轡離愁漸遠漸無窮迢迢
不斷如春水寸寸柔腸盈盈粉淚
樓高莫近危欄倚平蕪盡處是
春山行人更在春山外
歐陽修踏莎行
癸未之秋蘇士澍書於北京

蘇士澍

歐陽修《踏莎行》

癸未之秋

蘇士澍書於北京

生查子

歐陽修

去年元夜時，花市燈如晝。月到柳梢頭，人約黃昏後。
今年元夜時，月與燈依舊。不見去年人，淚滿春衫袖。

元夜：正月十五元宵節。

這首詞以平淡淺近的語言記述了一段讓人難忘的約會。去年元夜放燈之時，主人公遇到了一位美貌的女子，兩人相約月下，留下了一段讓人難忘的回憶。今年又是放燈之時，燈也依舊，月也依舊，只是再也找不到去年的那位如花似玉的女子，主人公只能空懷惆悵，淚濕春衫。

去年元月時
花市燈如晝
月到柳梢頭
人約黃昏後
今年元夜時
月與燈依舊
不見去年人
淚滿春衫袖
癸未墨虎於北京筆

廖松崗 繪

癸未
墨虎於北京筆

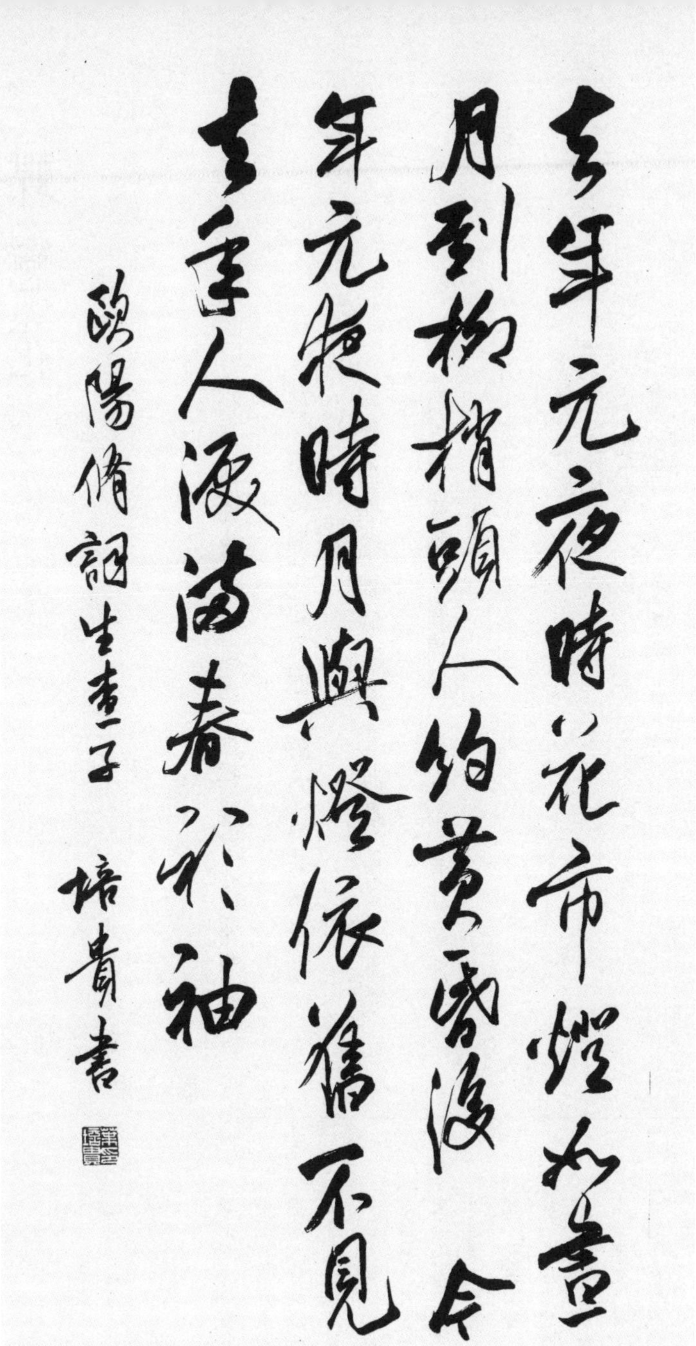
去年元夜時花市燈如晝
月到柳梢頭人約黃昏後今
年元夜時月與燈依舊不見
去年人淚滿春衫袖
歐陽修詞生查子
培貴書

葉培貴 書

歐陽修詞《生查子》

培貴書

蝶戀花

歐陽修

越女採蓮秋水畔。窄袖輕羅，暗露雙金釧。照影摘花花似面。芳心只共絲爭亂。

鸂鶒灘頭風浪晚。霧重煙輕，不見來時伴。隱隱歌聲歸棹遠。離愁引著江南岸。

越女：指江南女子。
羅：輕軟的絲織品。
絲：雙關「思」。
鸂鶒（xī chì）：古書上指像鴛鴦的一種水鳥。

這首詞用細膩的筆墨生動刻畫了一位江南採蓮女的秀美形象，語調清新自然，而又略帶有一點淡淡的哀怨。詞的上片是正面描寫：澄澈見底的秋水畔，一位美麗的江南少女正在採蓮，讓人難以忘懷。詞的下片為側面烘托，天氣漸晚，鸂鶒宿集灘頭，是歸去的時候了。悠揚的歌聲伴着「欸乃」的棹聲漸行漸遠，帶去的是淡淡的離愁，而留下的則是不盡的回味。

孔維克

歐陽修詞意
癸未之夏
孔維克寫意

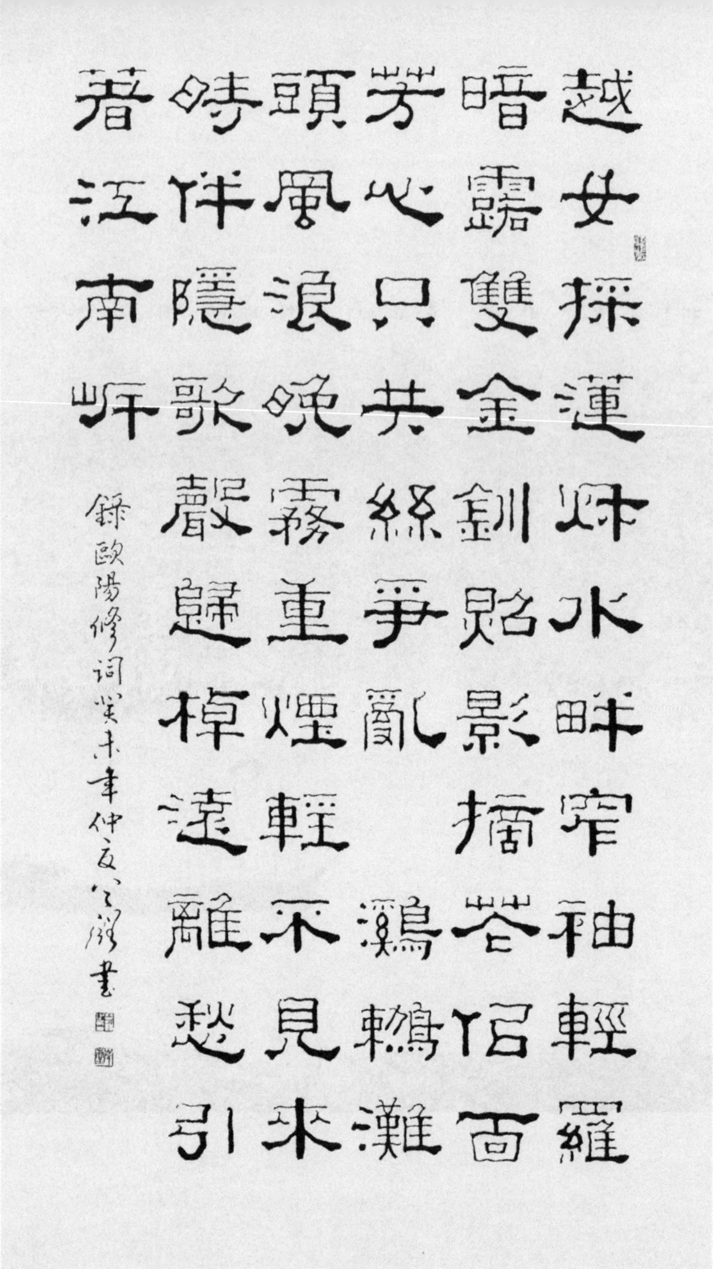
越女採蓮秋水畔窄袖輕羅
暗露雙金釧照影摘花花似面
芳心只共絲爭亂鸂鶒灘
頭風浪晚霧重煙輕不見來
時伴隱歌聲歸棹遠離愁引
著江南岸
錄歐陽修詞癸未年仲夏谷溪書

谷溪

錄歐陽修詞
癸未年仲夏
谷溪書

玉樓春

歐陽修

別後不知君遠近，觸目淒涼多少悶。
漸行漸遠漸無書，水闊魚沉何處問。
夜深風竹敲秋韻，萬葉千聲皆是恨。
故欹單枕夢中尋，夢又不成燈又燼。

水闊魚沉：比喻相距遙遠，沒有音信。古代有魚腹傳書的說法，古樂府《飲馬長城窟行》中有：「客從遠方來，遺我雙鯉魚。呼兒烹鯉魚，中有尺素書。」

這是一首傷別詞。同一般的詞作上片寫景，下片抒情的寫法不同的是，這首詞開篇就是抒情，抒發女主人公離別後的淒涼和惆悵，「多少悶」和「何處問」兩個感歎句，直抒胸臆，感情濃烈而深摯。詞的下片移情入景，寫夜來風吹竹葉沙沙作響，一聲聲傳入主人公的耳際，仿若她那滿心的愁怨。難熬之際只想借夢消遣，但是又難以入睡，難以夢成，只好眼看着燈燭燃燒殆盡，而心中的愁苦淒涼卻難以平息。

金運昌

六一居士《玉樓春》詞
金運昌書於紫禁城中

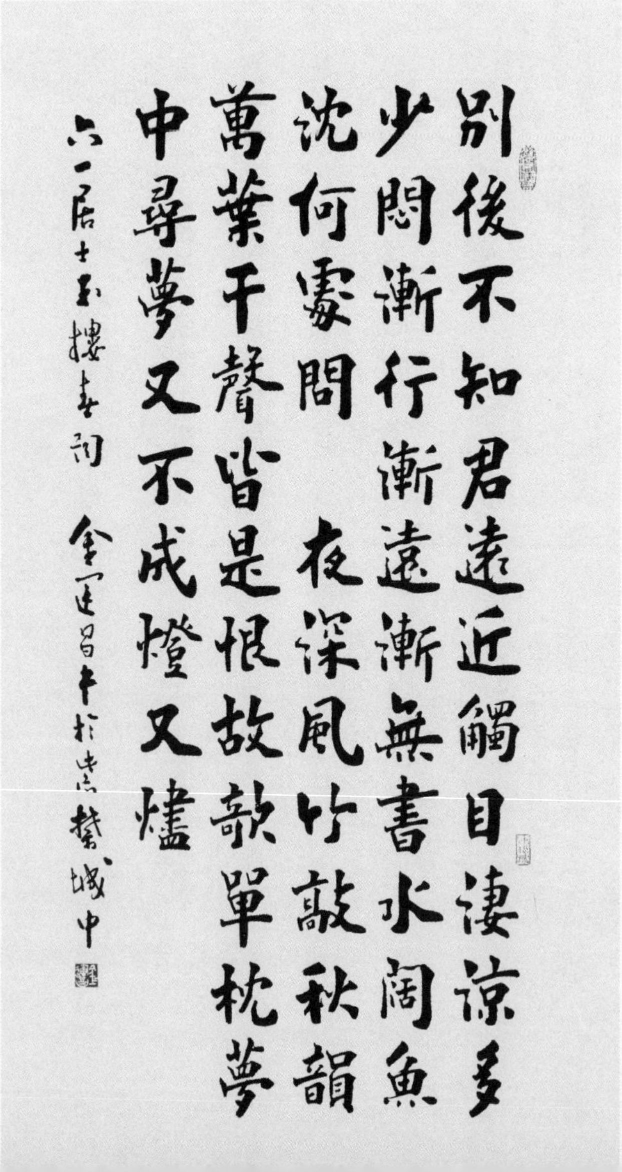
別後不知君遠近觸目淒涼多
少悶漸行漸遠漸無書水闊魚
沉何處問夜深風竹敲秋韻
萬葉千聲皆是恨故欹單枕夢
中尋夢又不成燈又燼
六一居士玉樓春詞
金運昌書於紫禁城中

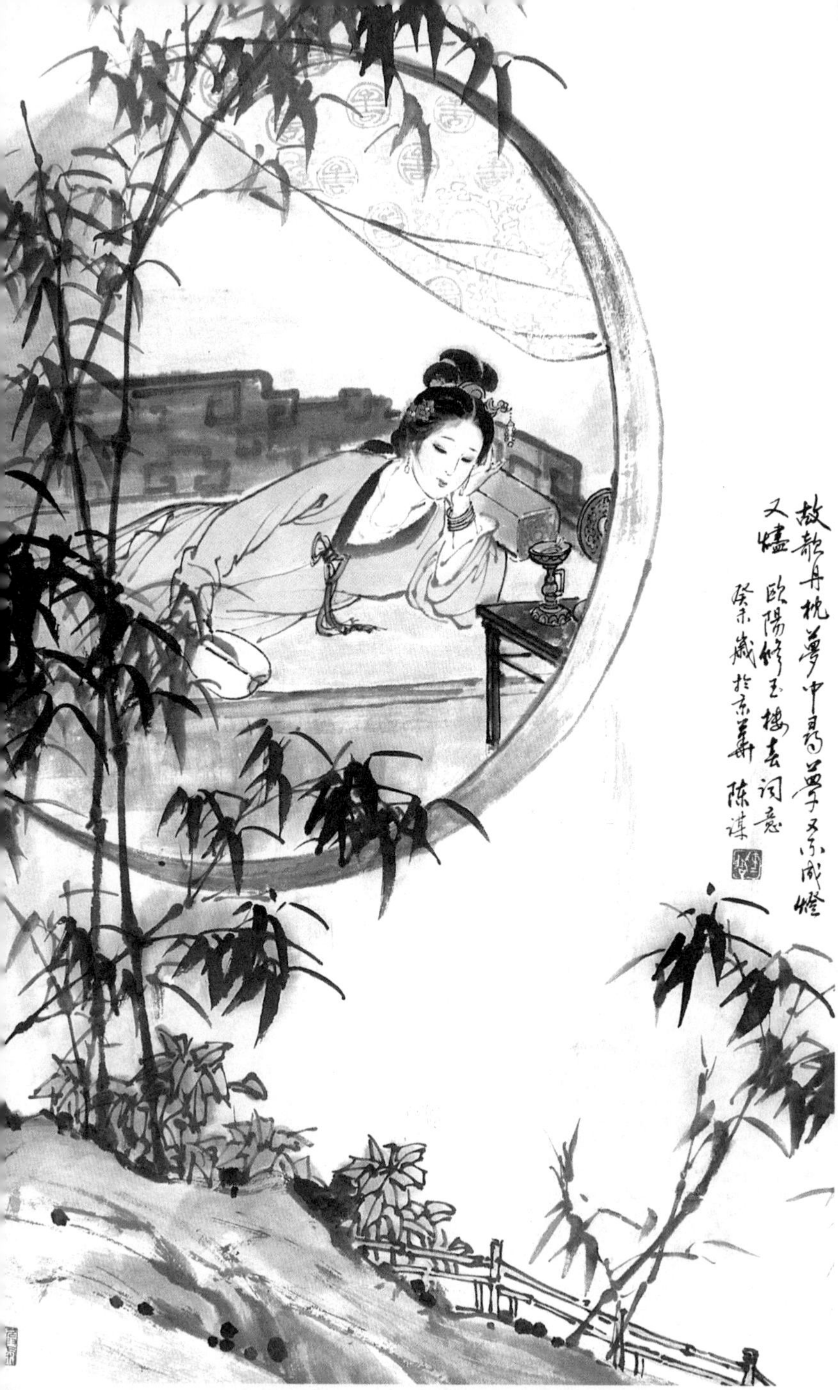
故欹單枕夢中尋夢又不成燈
又燼 歐陽修玉樓春词意
癸未歲於京華 陈谋

陳謀

歐陽修《玉樓春》詞意

癸未歲於京華

陳謀

蝶戀花

歐陽修

庭院深深深幾許。楊柳堆煙，簾幕無重數。玉勒雕鞍遊冶處。樓高不見章台路。

雨橫風狂三月暮。門掩黃昏，無計留春住。淚眼問花花不語。亂紅飛過鞦韆去。

玉勒雕鞍：嵌玉的馬籠頭和雕花的馬鞍。借指男子。

遊冶：即冶遊，指出入歌樓妓館。

章台路：街名，在漢代長安章台門附近，是歌妓雲集的地方。

這是一首閨愁詞。詞中表達了一位養在深閨中的少婦的哀愁與苦悶。上片頭三句寫景，是對少婦所處環境的交代，暗示女主人公幽居之深、之苦。可是更加讓她難以忍受的是丈夫出外尋花問柳，留下她一個人獨守空房。詞的下片，在獨守空房的寂寞之上又添了美人遲暮的傷感。雨橫風狂，三月將盡，春天在風雨的摧殘下，即將離人而去，這禁不住讓獨處的她聯想到自己的韶華將盡，於是青春將逝的苦痛頓時襲上心頭。這首詞在表現手法上很有特點，「深」字的三次連用，增強了詞的表達效果，而「淚眼問花」句擬人手法的使用，更是增加了詞的形象性，為詞帶來永久的藝術生命力。

高向陽

歐陽修詞意
壬午秋
向陽

林岫

山陰林岫書之

桂枝香

王安石

登臨送目。正故國晚秋，天氣初肅。千里澄江似練，翠峰如簇。歸帆去棹殘陽裏，背西風、酒旗斜矗。彩舟雲淡，星河鷺起，畫圖難足。

念往昔、繁華競逐。歎門外樓頭，悲恨相續。千古憑高對此，謾嗟榮辱。六朝舊事隨流水，但寒煙、芳草凝綠。至今商女，時時猶唱，後庭遺曲。

這首《桂枝香》是一首以六朝興廢為題材的詠史懷古詞。詞的藝術成就之高，以至於一時之間同調同題之作竟多達三十餘首。詞作的層次十分清晰，上片寫景，下片懷古抒情。上片用簡潔的文字形象地刻畫了古金陵的秋日勝景。澄江似練，翠峰如簇，不盡的美景中帶着些許淒涼和肅殺，這為後文的懷古也作了一些鋪墊。詞的下片詠史懷古，以六朝的興衰為詠懷對象，表現出了對歷史的深沉思考，同時也是以古鑒今，意在提醒當朝統治者，應當以史為戒，不要重蹈歷史的覆轍。

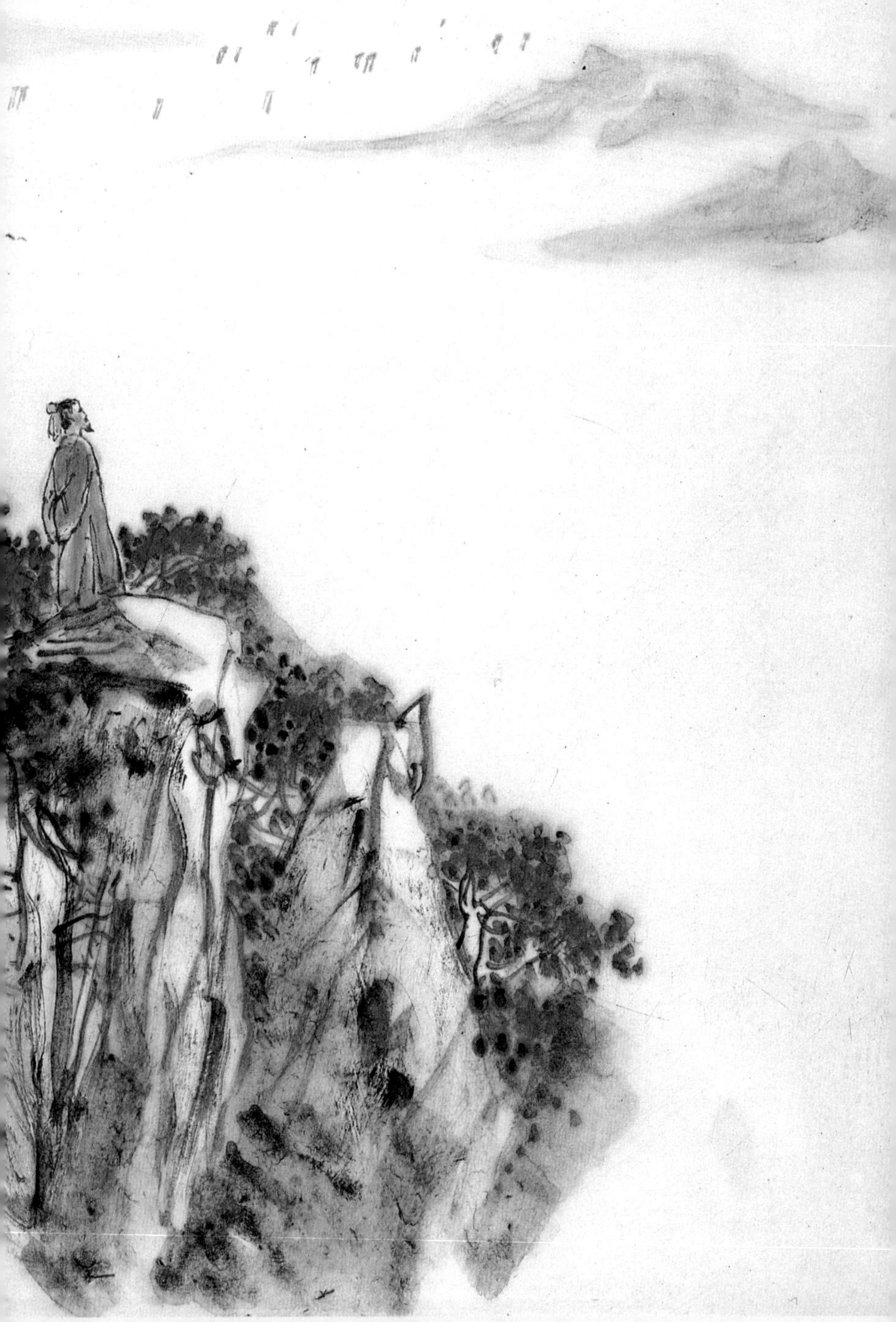

孫文鐸 繪

王安石《桂枝香》詞意

文鐸

故國：指舊都，這裏指六朝古都金陵。

澄江似練：澄澈的江水像一條白色的絹帶。謝朓《晚登三山還望京邑》有「餘霞散成綺，澄江靜如練」句。

門外樓頭：化用杜牧《台城曲》「門外韓擒虎，樓頭張麗華」兩句詩意。

商女：賣唱的歌女。

後庭遺曲：即《玉樹後庭花》，南朝亡國之君陳後主所作，歷來被認為是亡國之音。此三句化用杜牧《泊秦淮》詩：「商女不知亡國恨，隔江猶唱後庭花。」

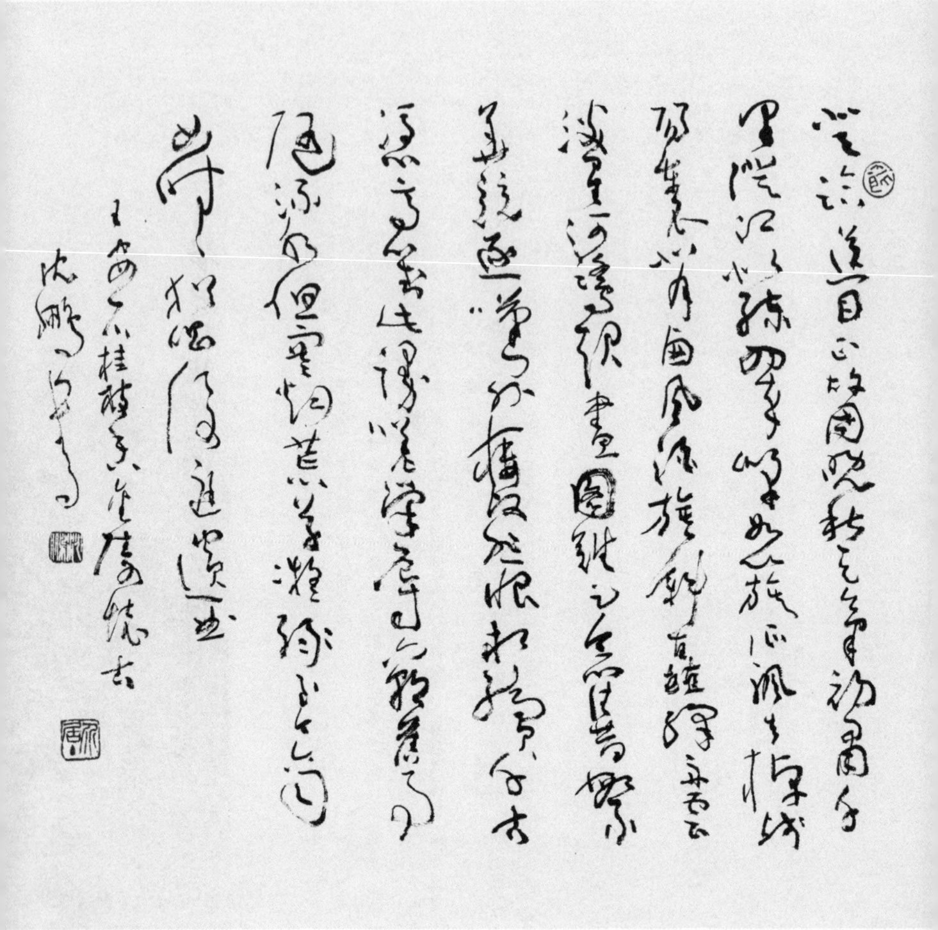

沈鵬

王安石《桂枝香》金陵懷古

沈鵬書

臨江仙

晏幾道

夢後樓台高鎖，酒醒簾幕低垂。去年春恨卻來時。落花人獨立，微雨燕雙飛。

記得小蘋初見，兩重心字羅衣。琵琶弦上說相思。當時明月在，曾照彩雲歸。

這首《臨江仙》是小晏回憶與歌女小蘋在一起的美好時光。詞作採用倒敘的手法，上片寫現在，樓台高鎖、簾幕低垂，落花紛紛，細雨霏霏，燕子雙飛，又是一個春愁縈繞的時節，卻只有詞人自己獨自去品味。「去年」關合上下兩片，逗引出詞的下片內容，把思緒拉回到過去。依然記得第一次見到小蘋的時候，她穿着兩重心字圖案為飾的羅衣，手撫琵琶，琴聲訴說衷情。詞的最後兩句又回到現實，與上片相照應，月光依舊，可是那位讓人朝思暮想的美人卻到哪兒去了呢？

落花人獨立 微雨燕雙飛
晏幾道 臨江仙 句
癸未五月作於京華 陳謀

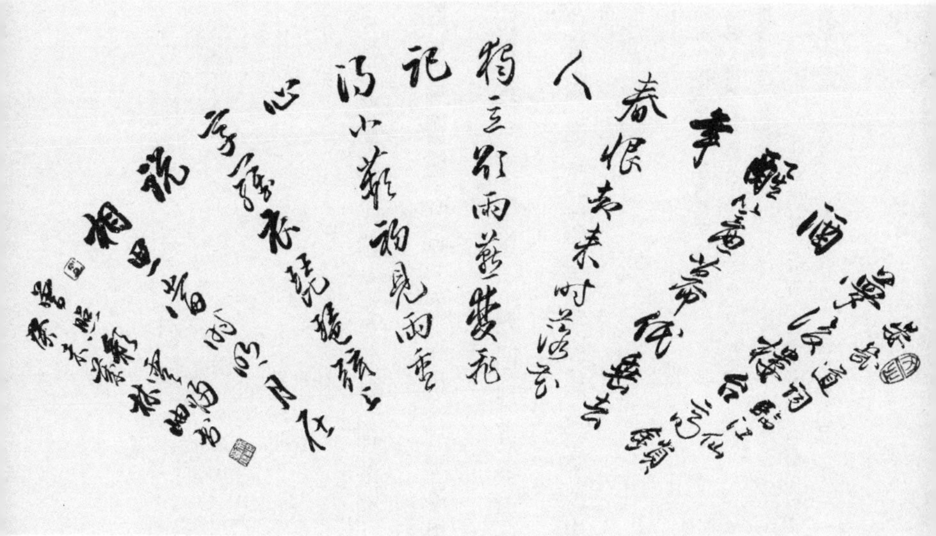

林岫

癸未歲
林岫書

陳謀

晏幾道《臨江仙》句
癸未春月作於京華
陳謀

鷓鴣天

晏幾道

彩袖殷勤捧玉鐘，當年拚卻醉顏紅。
舞低楊柳樓心月，歌盡桃花扇影風。
從別後，憶相逢。幾回魂夢與君同。
今宵剩把銀釭照，猶恐相逢是夢中。

彩袖：代指身穿彩衣的歌女。
玉鐘：酒杯的美稱。
拚卻：毫不顧惜，甘願。
「今宵」二句：化自杜甫《羌村》詩「夜闌更秉燭，相對如夢寐」句。剩把，盡把，只管把。銀釭（gāng），銀色的燭台。

這首詞寫的是詞人與一位歌女久別重逢的情形，字裏行間透露出兩人感情的篤厚。詞的上片追憶過去，回味兩人在一起度過的美好時光。晏幾道詞作多次提及與其相好的幾位歌女，如蓮、鴻、蘋、雲等人，此詞雖未點明是哪一位，但是從在一起時的表現可以看出，兩人情投意合，相處甚洽。詞的下片寫詞人的別後相思和重逢。難忘的相會留下的是別後不盡的相思，多少回魂牽夢繞，醒來後依然孑然一身；而當重逢真的到來時，又不敢相信自己的眼睛。思念之切，愛憐之深，盡在此數句之中。

廖松崗

松崗（章）

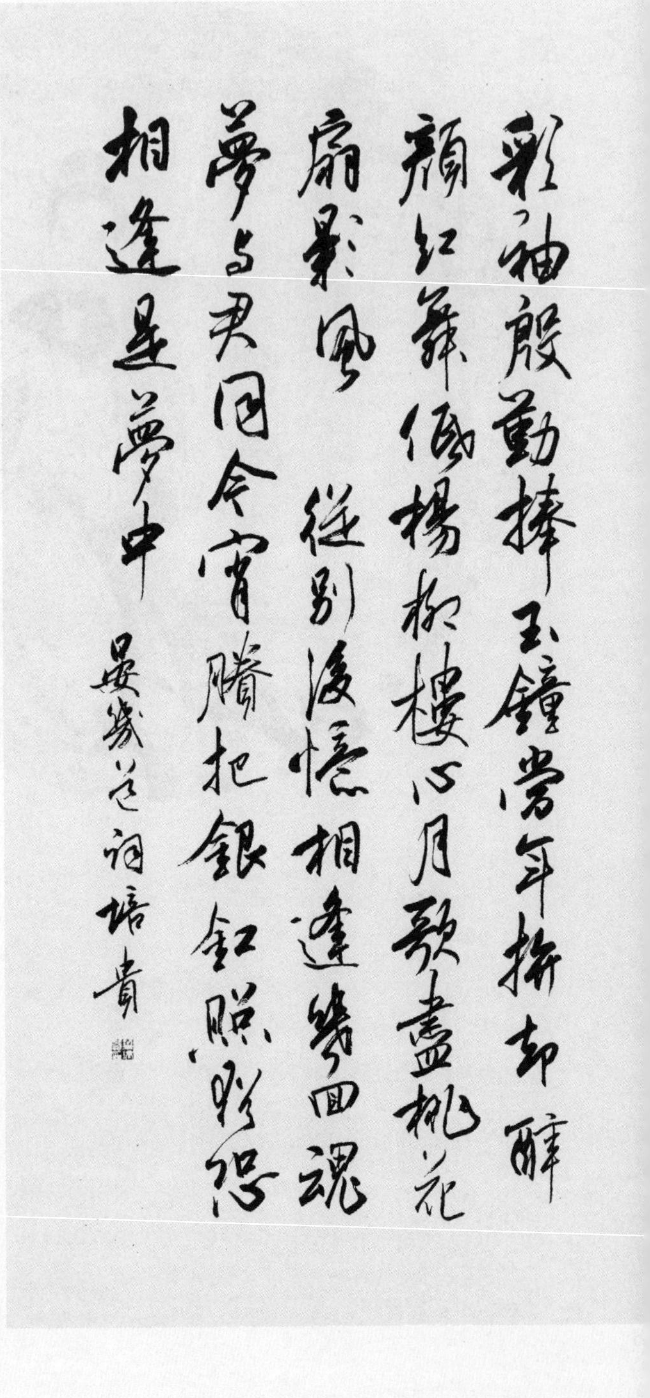
彩袖殷勤捧玉鍾當年拚卻醉
顏紅舞低楊柳樓心月歌盡桃花
扇影風 從別後憶相逢幾回魂
夢與君同今宵賸把銀釭照猶恐
相逢是夢中
晏幾道詞 培貴

葉培貴

——晏幾道詞

培貴

木蘭花

晏幾道

鞦韆院落重簾暮，彩筆閑來題繡戶。
牆頭丹杏雨餘花，門外綠楊風後絮。
朝雲信斷知何處，應作襄王春夢去。
紫騮認得舊遊蹤，嘶過畫橋東畔路。

重簾暮：暮色昏暗，簾幕重重。
彩筆：相傳江淹有五色筆，因此才華橫溢，文思敏捷。夢中被索去後，才思頓減，無復佳句。
朝雲：巫山神女。宋玉《高唐賦序》寫巫山神女與楚襄王歡合後，有「旦為朝雲，暮為行雨」之言。詞中指所思念的佳人。
襄王：楚襄王，懷王之子。
春夢：指襄王與神女在夢中相遇事。紫騮：駿馬。

這首詞寫舊地重遊，幻想重睹芳華，佳人卻不知去向，引起懷舊之思。詞的寫法新奇，幻境與真境、想像與現實交融，情境動盪迷離，富於浪漫色彩。

戴敦邦 繪

——《木蘭花》晏幾道

庚午春日

戴敦邦

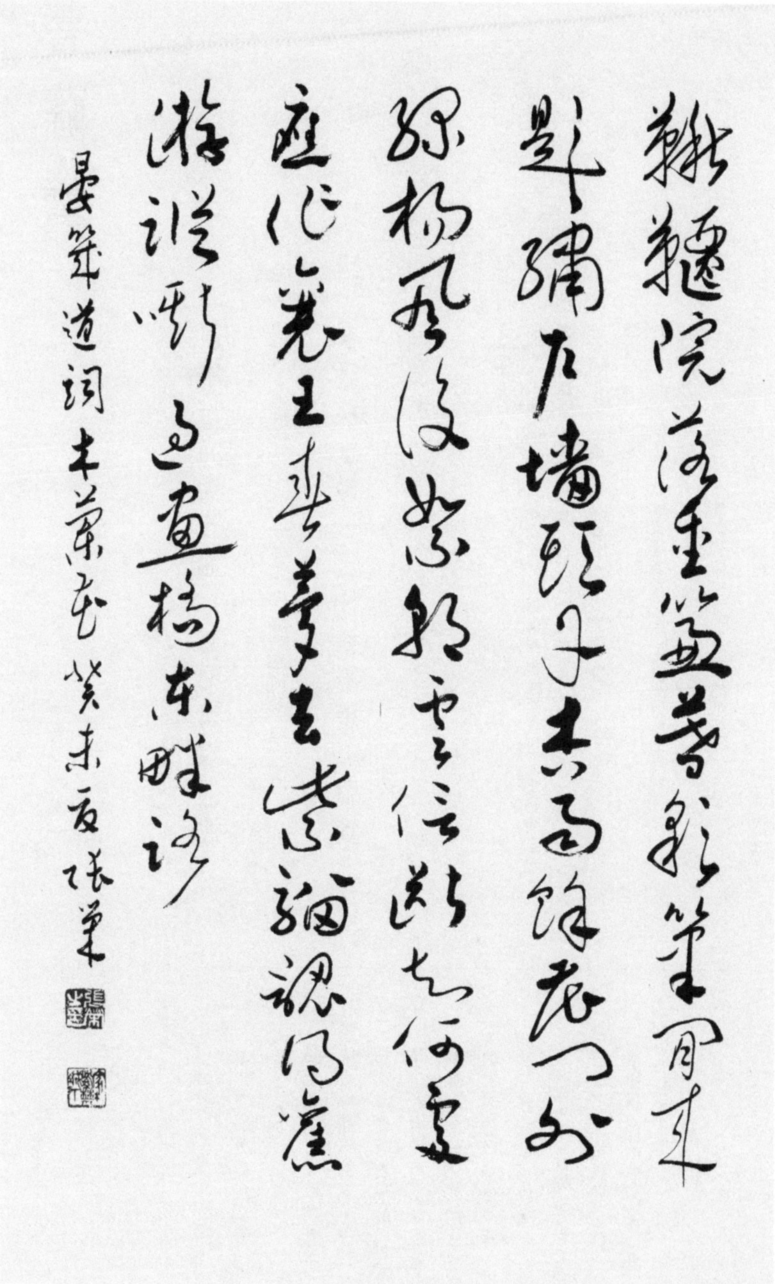

張榮

晏幾道詞《木蘭花》

癸未夏

張榮

菩薩蠻

晏幾道

哀箏一弄湘江曲，聲聲寫盡湘波綠。纖指十三弦，細將幽恨傳。
當筵秋水慢，玉柱斜飛雁。彈到斷腸時，春山眉黛低。

弄：演奏樂曲。
湘江曲：曲名，即《湘江怨》。相傳舜帝南巡蒼梧，二妃追至南方，聞舜卒，投江而死。後人以此為題材寫成樂曲。
十三弦：漢史游《急就篇》之三顏師古注：「箏，亦小瑟類也，本十二弦，今則十三。」
秋水：秋天的水，比喻人（多指女人）清澈明亮的眼睛。
慢：形容眼神凝注。
玉柱斜飛雁：古箏弦柱斜列如雁行，故又稱雁柱。
春山：喻美人的眉峰。
眉黛：古代女子用黛畫眉，故稱眉為眉黛。黛，青黑色的顏料。

以詩寫箏在唐詩中十分常見，從張九齡的《聽箏》到李商隱的《哀箏》，共有三十餘首。而以詞寫箏在唐宋人中卻不多見。這首寫箏詞從箏曲所表現的內容寫到彈箏者的情態，描寫形象、細緻、逼真。詞的上片寫箏曲的哀怨，箏聲陣陣，從弦底靜靜流出，傳達着不盡的哀怨；下片則重點寫彈箏者，只見她秋波流轉，纖指輕攏慢撚，曲到傷心處，眉頭緊蹙。

孔維克

古韻圖
宋人晏幾道《菩薩蠻》詞意
孔維克

波綠纖指十三弦細將幽恨傳
晏幾道菩薩蠻詞意 孔維克畫

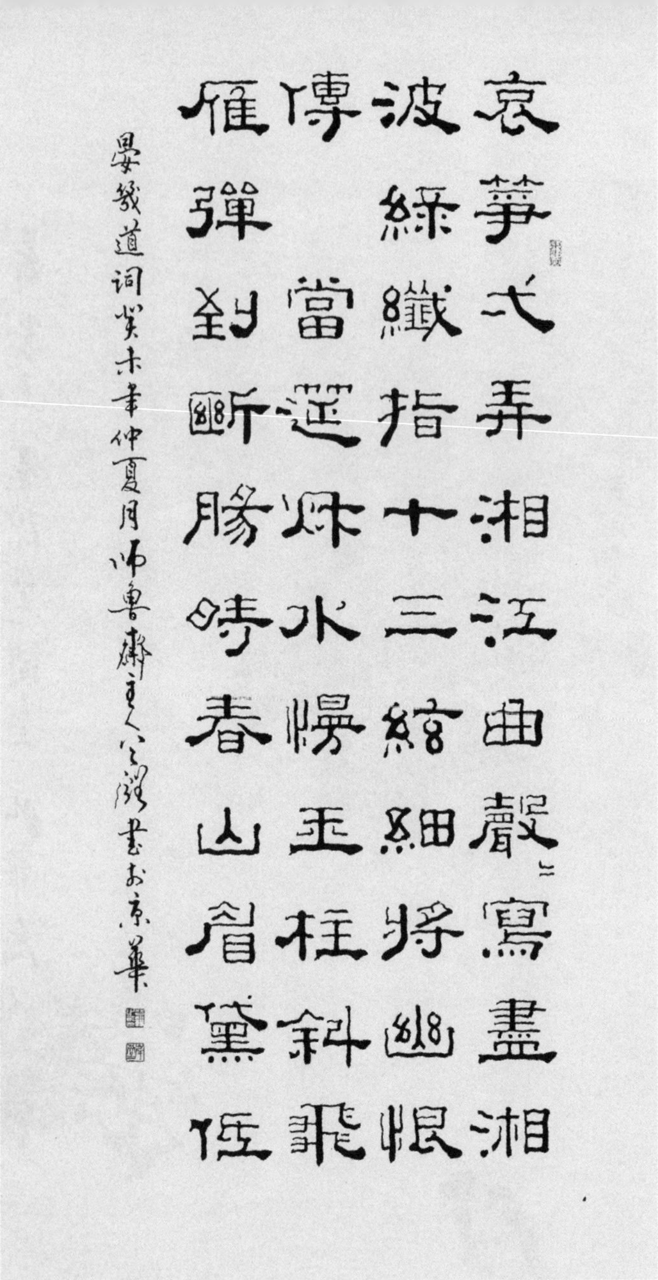
哀箏弌弄湘江曲聲聲寫盡湘
波綠纖指十三絃細將幽恨
傳當筵秋水慢玉柱斜飛
雁彈到斷腸時春山眉黛低
晏幾道詞癸未年仲夏月師魯齋主人谷溪書於京華

谷溪 書

晏幾道詞
癸未年仲夏月
師魯齋主人谷溪書於京華

菩薩蠻

魏夫人

溪山掩映斜陽裏，樓台影動鴛鴦起。隔岸兩三家，出牆紅杏花。綠楊堤下路，早晚溪邊去。三見柳綿飛，離人猶未歸。

掩映：彼此遮掩，互相襯托。
柳綿：柳絮。

這首《菩薩蠻》是一首思婦懷人詞。詞的上片描寫春景，抓住夕陽西下時幾個特定的景物作為描寫對象，景中帶情，暗示女主人公獨處的孤單寂寞。詞的下片寫人，寫事。女主人公思人心切，每天都要到堤下的柳樹旁去等待，希望自己心愛的人兒早日歸來。詞的最後兩句點明題旨，一年一度柳絮飄飛，如今三年已經過去了，可是離家的人兒到現在還沒有回來。懷人之意，最終道出。

吳澤浩

宋詞曾布妻《菩薩蠻》
一九九五年乙亥秋月於濟南
吳澤浩

魏夫人詞

溪山掩映斜
陽裏樓臺新勤
鴛鴦起隔岸兩三家
出牆紅杏花綠楊堤
下路早晚溪邊去三
見柳綿飛離人猶
未歸　林岫書

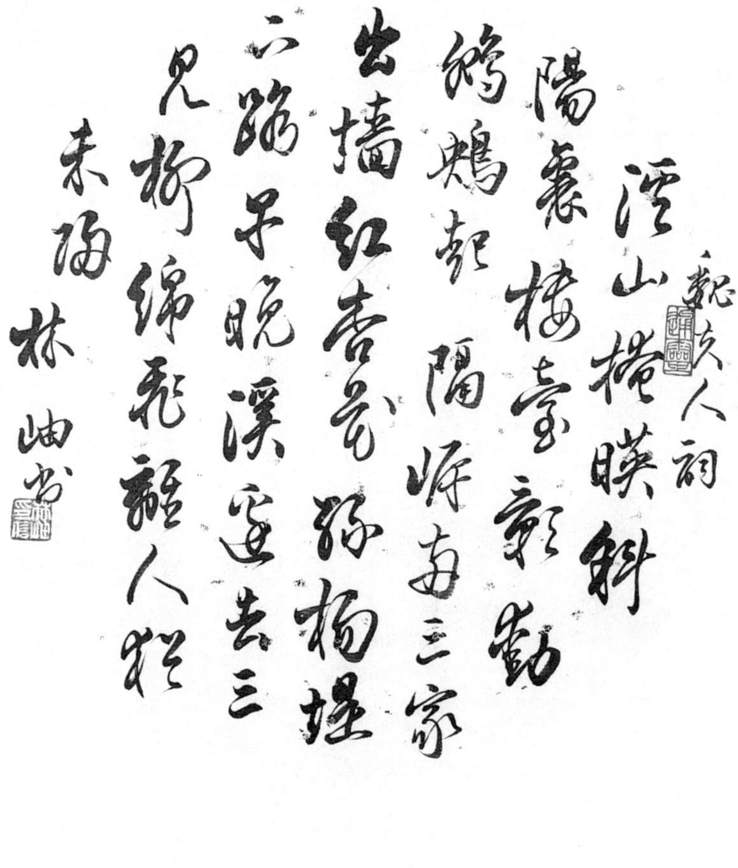

林岫
魏夫人詞
林岫書

水調歌頭

蘇軾

丙辰中秋，歡飲達旦，大醉。作此篇，兼懷子由。

明月幾時有，把酒問青天。不知天上宮闕，今夕是何年。我欲乘風歸去，又恐瓊樓玉宇，高處不勝寒。起舞弄清影，何似在人間。

轉朱閣，低綺戶，照無眠。不應有恨，何事長向別時圓。人有悲歡離合，月有陰晴圓缺，此事古難全。但願人長久，千里共嬋娟。

丙辰：宋神宗熙寧九年（一〇七六）。
子由：作者之弟蘇轍，字子由。
天上宮闕：指月宮。闕，古代宮殿、祠廟和陵墓前的樓觀。
瓊樓玉宇：指精美瑰麗的建築物，這裏指月宮。
不勝：經受不起。朱閣：華美的樓閣。綺戶：彩飾、雕花的門窗。
嬋娟：美好的樣子，也指美女。這裏以月中嫦娥代指月亮。

這首《水調歌頭》通過詠月，思考自然和人生，反映出世和入世的思想矛盾，表達了作者正視現實、熱愛生活的積極態度和對親人的懷念之情。詞的想像豐富，意境幽美，蘊含哲理，語言清新自然，富有藝術魅力。

劉大為

庚午孟春寫東坡《水調歌頭》

大為

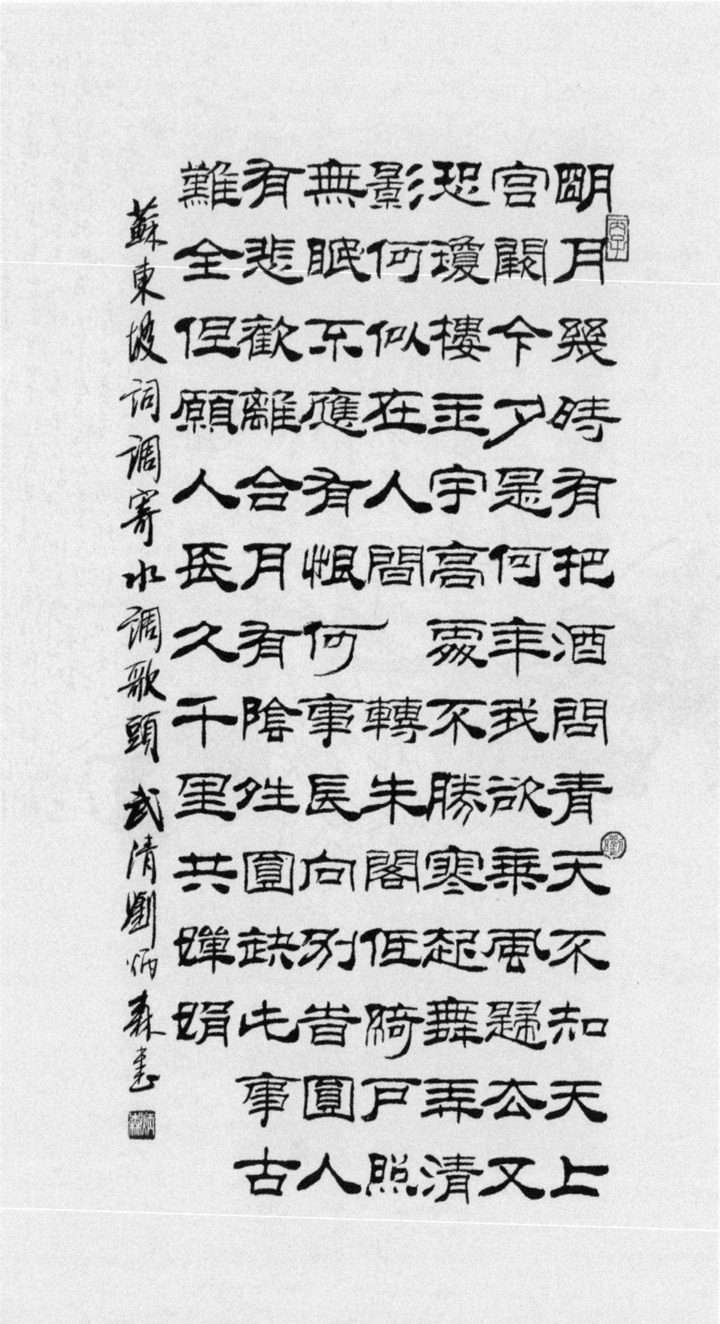
明月幾時有把酒問青天不知天上
宮闕今夕是何年我欲乘風歸去又
恐瓊樓玉宇高處不勝寒起舞弄清
影何似在人間轉朱閣低綺戶照
無眠不應有恨何事長向別時圓人
有悲歡離合月有陰晴圓缺此事古
難全但願人長久千里共嬋娟
蘇東坡詞調寄水調歌頭 武清劉炳森書

劉炳森

蘇東坡詞調寄《水調歌頭》
武清劉炳森書

念奴嬌

蘇軾

赤壁懷古

大江東去，浪淘盡、千古風流人物。故壘西邊，人道是、三國周郎赤壁。亂石穿空，驚濤拍岸，捲起千堆雪。江山如畫，一時多少豪傑。

遙想公瑾當年，小喬初嫁了，雄姿英發。羽扇綸巾，談笑間、強虜灰飛煙滅。故國神遊，多情應笑我、早生華髮。人生如夢，一尊還酹江月。

這首詞描繪了赤壁的雄偉壯麗的景色，讚頌了古代英雄人物周瑜的戰功，抒發了作者自己的感慨。詞的格調開朗、豪邁，結尾流露出低沉消極的情緒，但不影響全詞雄奇豪放的風格和境界。

赤壁：今湖北黃岡有赤壁山，據說是三國時「赤壁之戰」的戰場。

故壘：古時的軍營四周所築的牆壁。

周郎：周瑜，字公瑾。

穿空：形容峭壁聳立，好像要刺破天空似的。

小喬：周瑜的妻子。

綸巾：古代一種配有青絲帶的頭巾。

故國：舊地，這裏指古戰場赤壁。

尊：同「樽」，酒器。

酹（lèi）：把酒澆在地上祭奠。這裏是傾於江中，表示對古人憑弔。

謝志高

蘇東坡《赤壁懷古》詞意

戊寅春

志高寫於北京

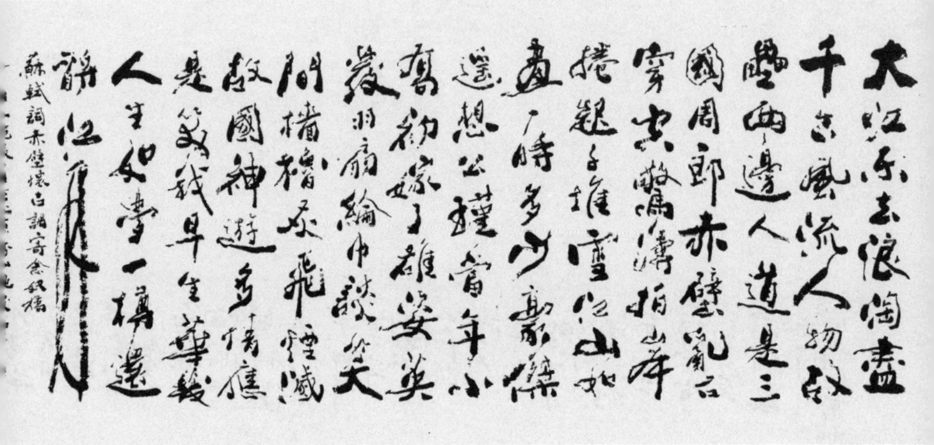
大江東去浪淘盡
千古風流人物故
壘西邊人道是三
國周郎赤壁亂石
穿空驚濤拍岸
捲起千堆雪江山如
畫一時多少豪傑
遙想公瑾當年小
喬初嫁了雄姿英
發羽扇綸巾談笑
間檣櫓灰飛煙滅
故國神遊多情應
笑我早生華髮
人生如夢一樽還
酹江月
蘇軾詞赤壁懷古調寄念奴嬌

姚俊卿

蘇軾詞《赤壁懷古》調寄念奴嬌

癸酉立秋後一日於北京香山

姚俊卿書

沁園春

蘇軾

孤館燈青，野店雞號，旅枕夢殘。漸月華收練，晨霜耿耿，雲山摛錦，朝露漙漙。世路無窮，勞生有限，似此區區長鮮歡。微吟罷，憑征鞍無語，往事千端。

當時共客長安。似二陸初來俱少年。有筆頭千字，胸中萬卷，致君堯舜，此事何難。用舍由時，行藏在我，袖手何妨閑處看。身長健，但優遊卒歲，且鬥尊前。

摛（chī）錦：鋪展錦緞。

漙漙（tuán）：形容露水多。長安：漢、唐京都，借指北宋京都汴京。

二陸：晉陸機、陸雲兄弟皆有文才，時稱「二陸」。

且鬥尊前：暫且飲酒。

這首詞寫出了世路茫茫、難有歡笑的勞碌奔波，表達了作者縱然才華橫溢也不見用於時的失意之情。

東坡居士玩硯圖
庚午穀雨後一日海上浦江西岸
蘆頂樓 寶山顧炳鑫於南窗
孤館燈青野店雞號
旅枕夢殘漸月華
收練晨霜耿耿雲山摛
錦朝露漙漙世路無
窮勞生有限似此區區
長鮮歡微吟罷憑征
鞍無語往事千端
當時共客長安似二陸
初來俱少年有筆
頭千字胸中萬卷致
君堯舜此事何難用
舍由時行藏在我袖手何
妨閒處看身長健
但優游卒歲
且斗尊前
右蘇軾詞沁園春
赴密州早行馬上寄
子由錄以補白
炳鑫書於夜雨時

顧炳鑫 繪

東坡居士玩硯圖
庚午穀雨後一日海上浦江西岸蘆頂樓
寶山顧炳鑫於南窗
右蘇軾詞《沁園春》，赴密州早行馬上寄子由，錄以補白。
炳鑫書於夜雨時

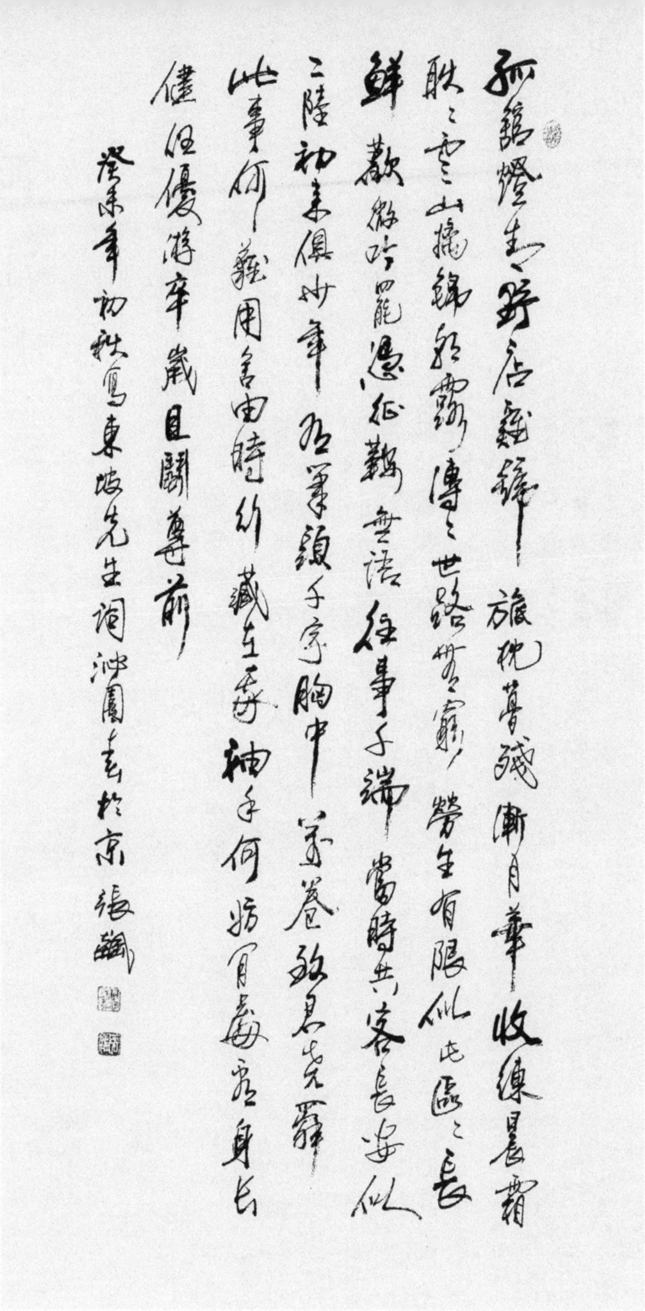

張飆 書

癸未年初秋寫東坡先生詞《（泌）〔沁〕園春》於京
張飆

西江月

蘇軾

春夜蘄水中過酒家飲。酒醉，乘月至一溪橋上，解鞍曲肱少休。及覺，已曉。亂山葱蘢，不謂塵世也。書此詞橋柱上。

照野瀰瀰淺浪，橫空曖曖微霄。障泥未解玉驄驕，我欲醉眠芳草。

可惜一溪明月，莫教踏破瓊瑤。解鞍攲枕綠楊橋，杜宇一聲春曉。

瀰瀰（mí）：水波翻動的樣子。
障泥：馬韉。墊在馬鞍下，垂於馬背兩旁以擋泥土。
瓊瑤：美玉，喻水中月影。
攲（qī）：斜靠。
綠楊橋：在黃岡縣東。
杜宇：杜鵑鳥的別稱，相傳杜鵑為蜀古帝杜宇之魂所化，故也稱「杜宇」。

這首詞作於蘇軾謫居黃州時。從詞前小序的交代可知，詞中所記為詞人酒後夜行時的所見所聞。詞作開頭兩句即從景物寫起，突出表現夜色之美，而後二句以意欲醉眠芳草的急迫心情，表現出詞人對此時此地風景的無限喜愛。詞的下片寫詞人對自然風物的愛憐。這首小詞，寫景清新自然，蕭疏恬淡的自然景物描寫中，映襯着詞人自然淡泊的心境。

謝志高 繪

蘇軾《西江月》詞意
乙丑冬日
志高客羊城白雲樓

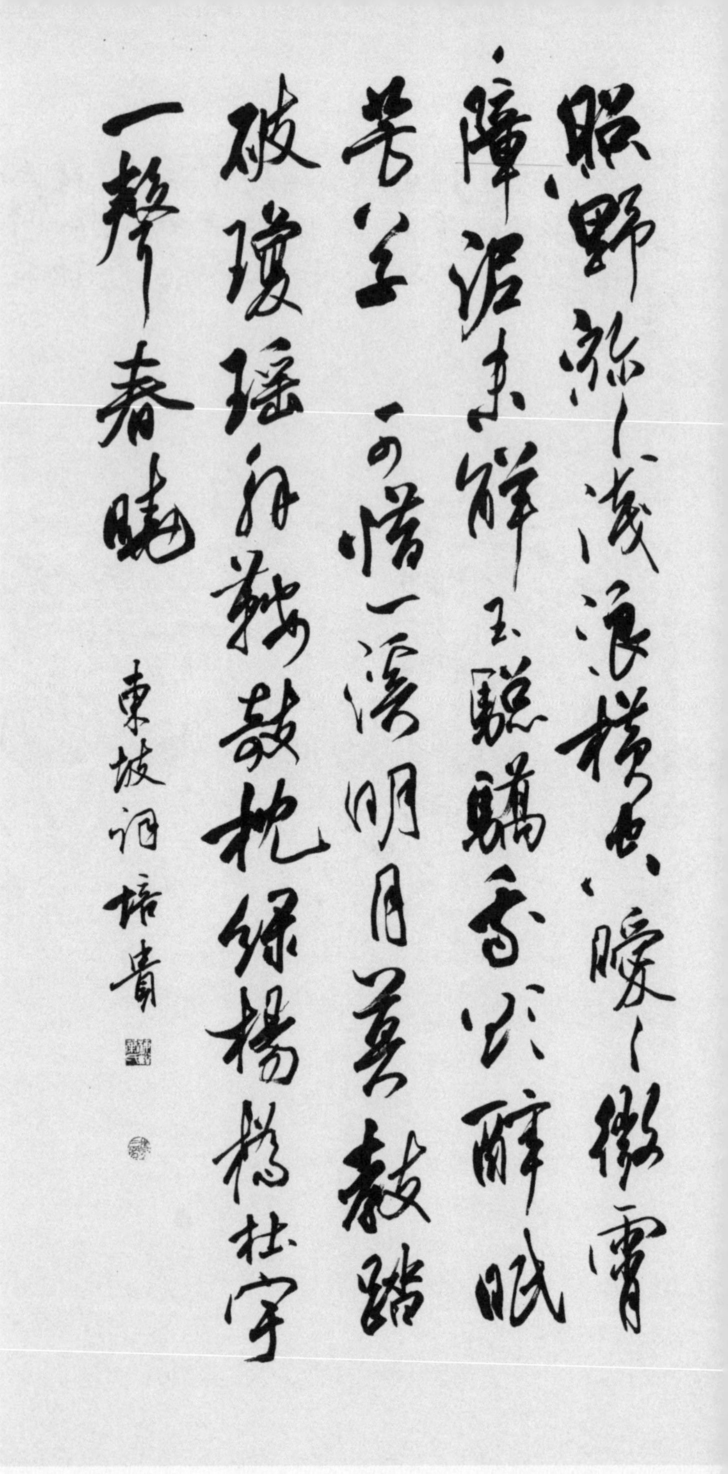
照野瀰瀰淺浪橫空曖曖微霄
障泥未解玉驄驕我欲醉眠
芳草可惜一溪明月莫教踏
碎瓊瑤解鞍欹枕綠楊橋杜宇
一聲春曉
東坡詞 培貴

葉培貴

東坡詞

培貴

臨江仙

蘇軾

夜飲東坡醒復醉，歸來彷彿三更。家童鼻息已雷鳴。敲門都不應，倚杖聽江聲。
長恨此身非我有，何時忘卻營營。夜闌風靜縠紋平。小舟從此逝，江海寄餘生。

東坡：地名，在黃岡東面。蘇軾曾在這裏築「雪堂」作遊息之所，並給自己取了「東坡居士」的別號。
身非我有：典出《莊子．知北遊》，是道家對人生採取虛無主義的說法。此詞中有不能掌握自身命運的意思，抱怨不能按自己的理想去生活。
營營：來往匆忙、頻繁的樣子，這裏指為名利而忙碌、奔走、費神。
夜闌：夜深。縠紋：形容水中細小的波紋。
「小舟」二句：是說此後要棄官不幹，隱居於江湖之間。

這首詞是蘇軾謫居黃州（今湖北黃岡）所作。詞中寫夜飲醉歸的情景，反映了他對被貶謫的不滿，並表達了他希望擺脫現狀，獲得精神上自由的願望。

馬振聲

蘇軾詞意
庚辰年冬
馬振聲作於北京

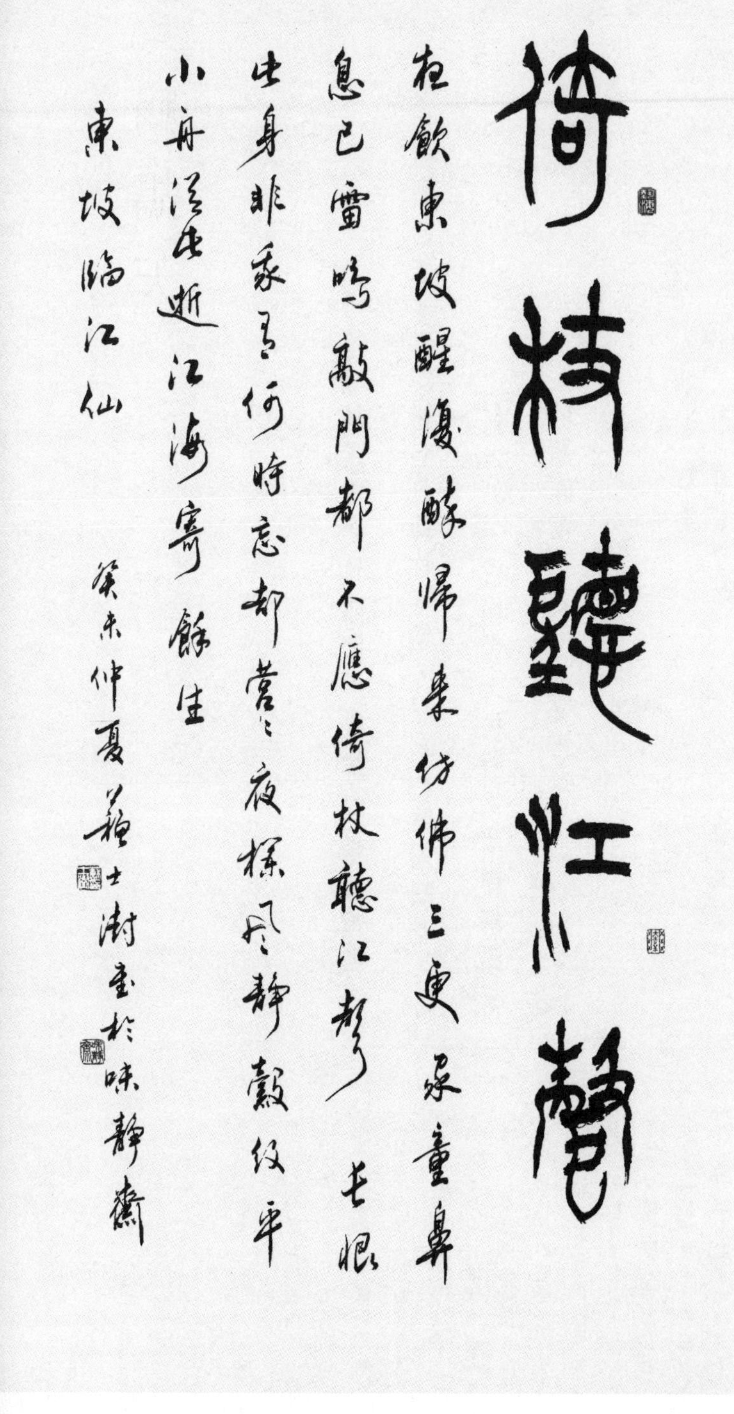
倚杖聽江聲
夜飲東坡醒復醉歸來彷彿三更家童鼻
息已雷鳴敲門都不應倚杖聽江聲 長恨
此身非我有何時忘卻營營夜闌風靜縠紋平
小舟從此逝江海寄餘生
東坡臨江仙
癸未仲夏蘇士澍書於味靜齋

蘇士澍

倚杖聽江聲
東坡《臨江仙》
癸未仲夏
蘇士澍書於味靜齋

鷓鴣天

蘇軾

林斷山明竹隱牆，亂蟬衰草小池塘。翻空白鳥時時見，照水紅蕖細細香。

村舍外，古城旁。杖藜徐步轉斜陽。殷勤昨夜三更雨，又得浮生一日涼。

紅蕖：紅色荷花。

藜：用藜莖製成的手杖。

「又得」句：唐李涉《題鶴林寺僧舍》：「偶經竹院逢僧話，又得浮生半日閑。」

此詞作於蘇軾在黃州時。蘇軾謫居黃州後，在東坡之上築雪堂居之。此篇即是描繪雪堂周圍優美的自然風光和詞人恬淡自適的村居生活。

詞的上片為田園風光的細緻描寫，重點抓住幾個具有特色的景物從不同的角度展示了一派美麗自然的田園風光，景物有遠有近，有小有大，有動有靜，有香有色，十分真切地再現了一幅秀美的夏日田園風光。詞的下片轉寫人事，記述了詞人夏日裏的活動，盡情地陶醉於這讓人愜意的山水田園，享受着這難得的人生之樂。

林斷山明
竹隱牆
亂蟬衰草
小池塘
翻空白鳥
時時見
照水紅蕖
細細香
村舍外古
城旁杖藜
徐步轉
斜陽殷
勤昨夜三
更雨又得
浮生一日
涼 癸未
初夏杜滋齡
為蘇軾插
畫詩意圖

杜滋齡 繪

癸未初夏
杜滋齡為蘇軾插畫詩意圖

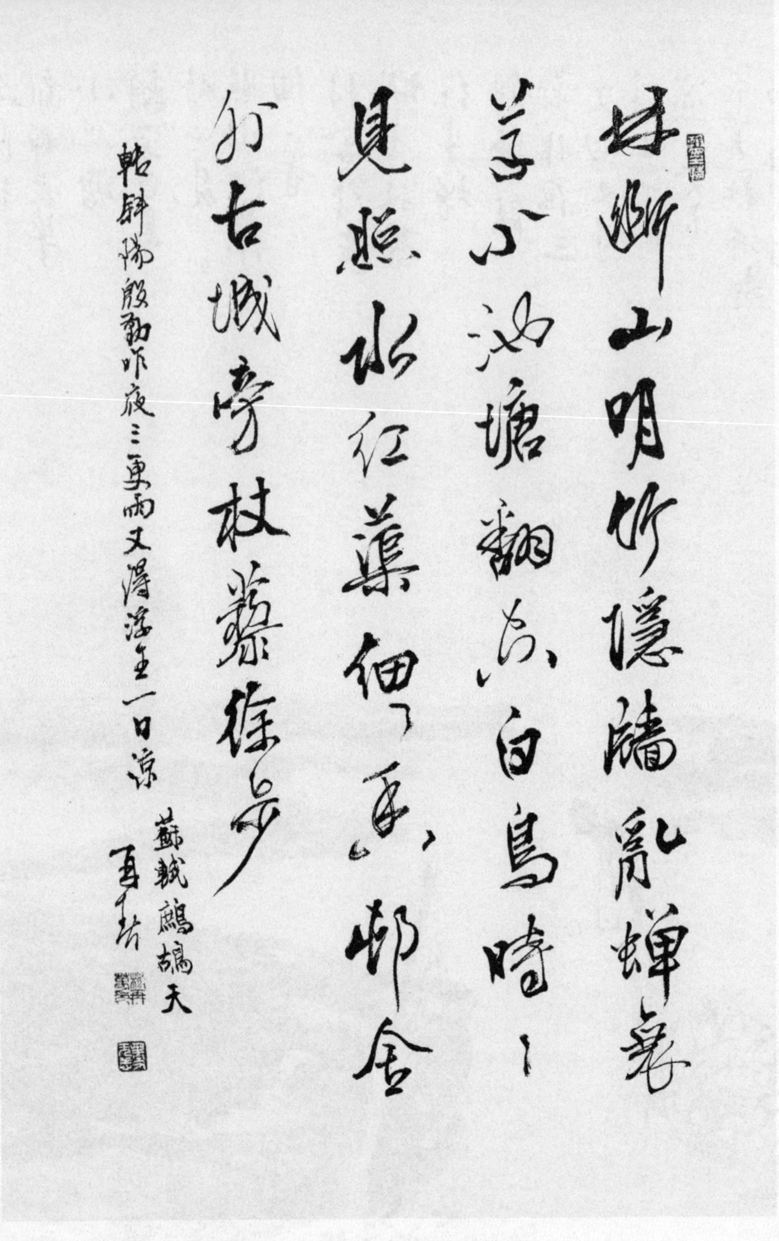
林斷山明竹隱牆亂蟬衰
草小池塘翻空白鳥時々
見照水紅蕖細々香村舍
外古城旁杖藜徐步
轉斜陽殷勤昨夜三更雨又得浮生一日涼
蘇軾鷓鴣天
再春書

楊再春 書

蘇軾《鷓鴣天》

再春

定風波

蘇軾

三月七日，沙湖道中遇雨。雨具先去，同行皆狼狽，余獨不覺。已而遂晴，故作此詞。

莫聽穿林打葉聲，何妨吟嘯且徐行。竹杖芒鞋輕勝馬，誰怕？一蓑煙雨任平生。

料峭春風吹酒醒，微冷，山頭斜照卻相迎。回首向來蕭灑處，歸去，也無風雨也無晴。

沙湖：在今湖北黃岡。

吟嘯：吟詠、長嘯，意態自若，表示不在乎。

這首詞寫作者以不避風雨、聽任自然的生活態度，來對待晴雨不定的天氣變化，暗寓其對沉浮不定的社會人生，特別是政治貶謫的隨遇而安。

莫聽穿林打葉聲何妨吟嘯且徐行竹杖芒鞋輕勝馬誰怕一蓑煙雨任平生
料峭春風吹酒醒微冷山頭斜照卻相迎回首向來蕭瑟處歸去也無
風雨也無晴海上盧頂樓寶山顧炳鑫寫東坡屐笠圖并錄詞定風波於晴窗

顧炳鑫 繪

海上盧頂樓寶山顧炳鑫寫東坡屐笠圖並錄詞《定風波》於晴窗

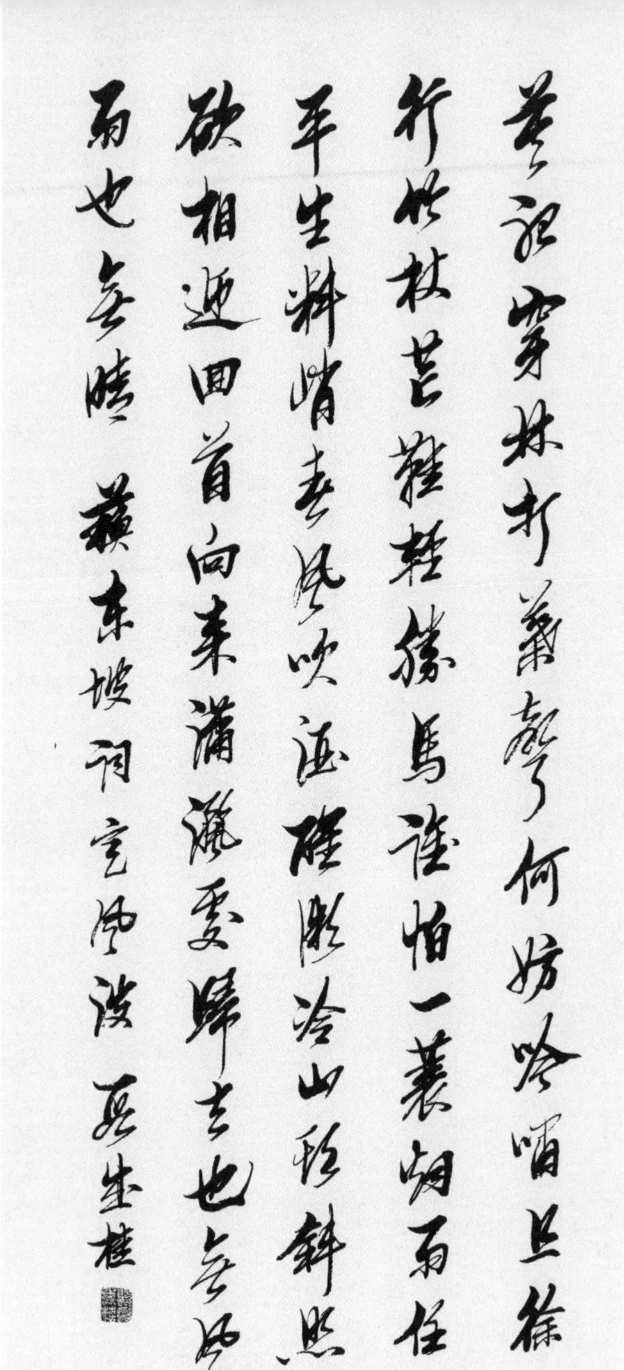
莫聽穿林打葉聲何妨吟嘯且徐
行竹杖芒鞋輕勝馬誰怕一蓑煙雨任
平生料峭春風吹酒醒微冷山頭斜照
卻相迎回首向來蕭瑟處歸去也無風
雨也無晴 蘇東坡詞定風波 段成桂

段成桂 書

蘇東坡詞《定風波》

段成桂

卜算子

蘇軾

缺月掛疏桐，漏斷人初靜。時見幽人獨往來，縹緲孤鴻影。
驚起卻回頭，有恨無人省。揀盡寒枝不肯棲，楓落吳江冷。

漏斷：指夜深。古代用漏壺滴水計算時刻。
幽人：幽居之人。這裏當為蘇軾自指。
省：覺察，理解。

蘇軾因烏台詩案被貶為黃州團練副使，於元豐三年（一〇八〇）二月到達，初寓居定慧院。這首詞即作於此時。詞作詠寫孤鴻，實則有所寄託，以孤鴻比自己，表達自己在烏台詩案後心理上的驚悸和孤獨。詞的開頭兩句寫景，交代時令，下兩句寫詞人之獨處，並勾連出孤鴻。下片全是寫孤鴻，重筆描繪了鴻鳥的孤單寂寞，從中可見烏台詩案給詞人帶來的巨大的心理傷害。此詞用語清幽，整首詞透着一股超塵脫俗之氣。

高向陽 繪

省誤為醒　蘇東坡詞意

向陽結尾處一為寂寞沙洲冷

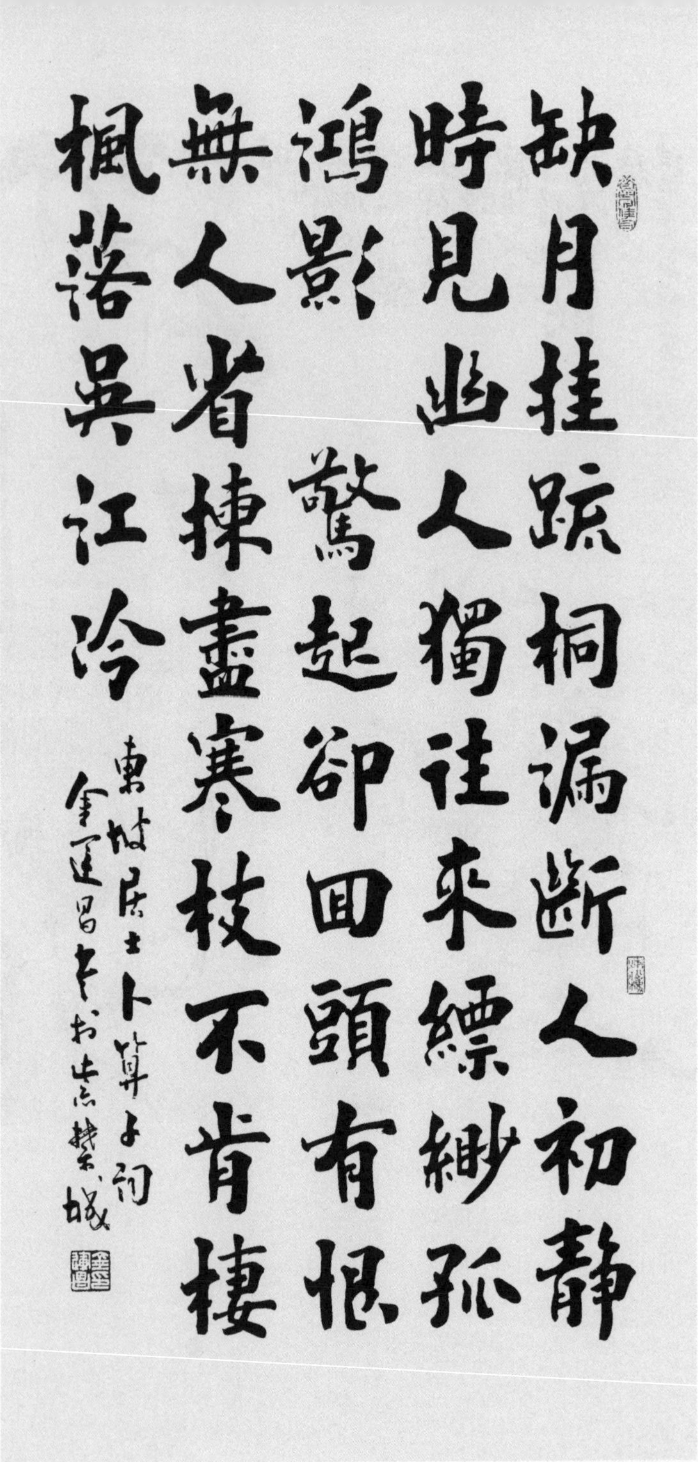
缺月挂踈桐漏斷人初靜
時見幽人獨往來縹緲孤
鴻影驚起卻回頭有恨
無人省揀盡寒枝不肯棲
楓落吳江冷
東坡居士卜算子詞
金運昌書於紫禁城

金運昌

東坡居士《卜算子》詞
金運昌書於紫禁城

阮郎歸 初夏

蘇軾

綠槐高柳咽新蟬，薰風初入弦。
碧紗窗下水沉煙，棋聲驚晝眠。
微雨過，小荷翻，榴花開欲然。
玉盆纖手弄清泉，瓊珠碎卻圓。

薰風：和暖的風。指夏季的南風。這裏代指和諧柔美的樂曲。相傳上古有《南風歌》，歌中說：「南風之薰兮，可以解吾民之慍兮。」

水沉：木質香料，又名沉水香。

纖手：女性嬌小柔嫩的手。

瓊珠：比喻水的泡沫。

這首詞描寫初夏景物，如清人沈雄所說，「八句狀八景，音律一同，殊不散亂」（《古今詞話》）。整首詞全是景物描寫，通過對初夏景物的逐一排比，表達了詞人心境的閑適恬淡和對自然的熱愛。此詞所涉及的景物雖然很多，但是在章法上卻頗有條理，次序井然。詞的上片主要寫晝眠初醒時所聽到的，以聽覺為中心。下片則寫醒後所見，以視覺為中心。詞人還在自然描寫的基礎之上引入了一位佳人的可愛形象，使得畫面鮮活靈動起來。

甘雨辰

癸未於守池書屋寫蘇軾《初夏》詞

雨辰

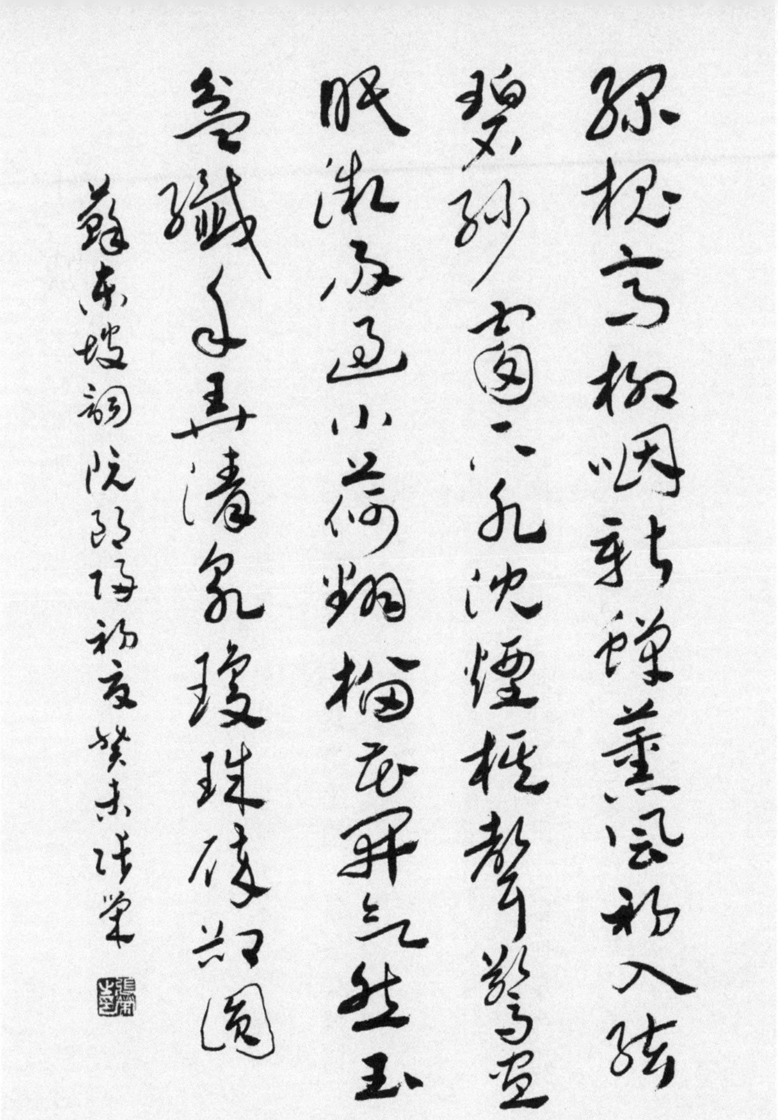

張榮 書

蘇東坡詞《阮郎歸》
初夏 癸未
張榮

江城子

蘇　軾

獵詞

老夫聊發少年狂。左牽黃，右擎蒼。
錦帽貂裘，千騎捲平岡。為報傾城隨
太守，親射虎，看孫郎。
酒酣胸膽尚開張。鬢微霜，又何妨。
持節雲中，何日遣馮唐。會挽雕弓如
滿月，西北望，射天狼。

熙寧八年（一〇七五）十月，蘇軾作為密州知府，在往常山祭祀的歸途中與同官會獵，這首詞即作於此時。詞作記述了出獵時的宏闊場面，抒發了詞人的滿腔豪情。詞的上片寫出獵情形，以騎馬射虎的三國英雄孫權自比，展示了一位英姿勃發的英雄形象。詞的下片抒情，以馮唐作比，希望有朝一日能夠得到朝廷的重用，為國效力，意在抒發自己建功立業的豪情壯志。詞作以蒼勁雄拔的氣勢，豪邁奔放的筆調，一掃以往一統天下的婉約柔媚之風，開創了宋詞的新局面，奠定了蘇軾在詞學歷史上豪放之宗的地位，是蘇軾豪放詞的代表作之一。

黃：指黃犬。
蒼：蒼鷹。
捲：形容大批馬隊奔馳如席捲。
太守：州郡的長官，指蘇軾自己。
孫郎：三國時東吳的孫權。他曾乘馬射虎。
「持節」二句：據《史記．馮唐列傳》記載，西漢時，魏尚為雲中郡守，他抵禦匈奴頗有功績，但因上報戰果數字稍有出入被削職。馮唐向漢文帝勸諫，文帝即派馮唐持節（使者憑證）赦魏尚，再任他為雲中守。
會：將要。
天狼：星名，古人以為主侵掠。此指當時西夏和北方的遼。

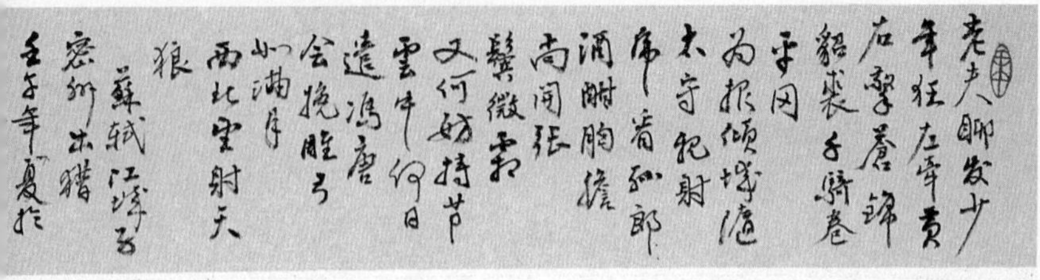
老夫聊發少
年狂左牽黃
右擎蒼錦
貂裘千騎卷
平岡
為報傾城隨
太守親射
虎看孫郎
酒酣胸膽
尚開張
鬢微霜
又何妨持節
雲中何日
遣馮唐
會挽雕弓
如滿月
西北望射天
狼
蘇軾江城子
密州出猎
壬午年夏於

老夫聊發少年狂
同仁

王同仁

蘇軾《江城子・密州出獵》
壬午年夏於北京　同仁
老夫聊發少年狂
壬午寫　同仁

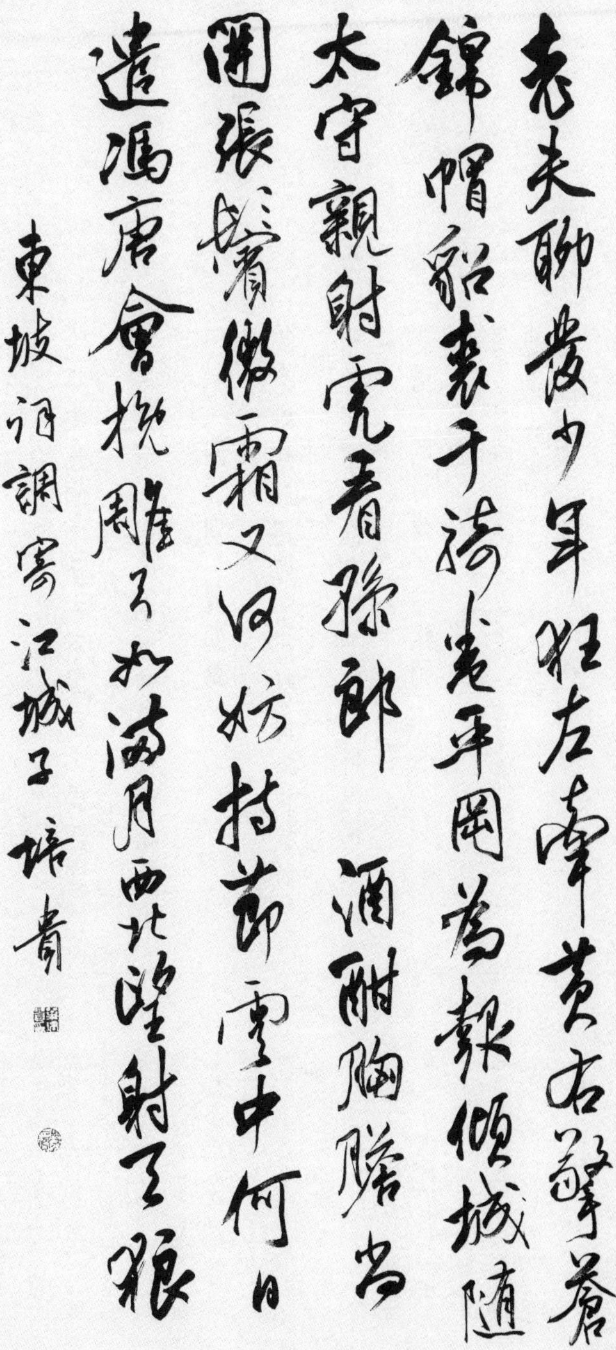
老夫聊發少年狂左牽黃右擎蒼
錦帽貂裘千騎卷平岡為報傾城隨
太守親射虎看孫郎酒酣胸膽尚
開張鬢微霜又何妨持節雲中何日
遣馮唐會挽雕弓如滿月西北望射天狼
東坡詞調寄江城子 培貴

葉培貴

東坡詞調寄《江城子》
培貴

江城子

蘇軾

十年生死兩茫茫。不思量，自難忘。千里孤墳，無處話淒涼。縱使相逢應不識，塵滿面，鬢如霜。

夜來幽夢忽還鄉。小軒窗，正梳妝。相顧無言，惟有淚千行。料得年年斷腸處，明月夜，短松岡。

千里：王氏墓葬四川，與密州距離遙遠，因此稱千里。
小軒窗：小廊的窗。
短松岡：矮松之岡，指墓地。

這是一首悼亡詞，是詞人於熙寧八年（一〇七五）乙卯日在密州時，為悼念亡妻王弗而作。蘇軾夫人王弗卒於治平三年（一〇六五），距此時已十年。詞作以沉痛的筆調，表達了蘇軾對夫人的無限追悼，字裏行間反映出蘇軾夫婦二人感情之深厚。詞的上片交代夢境產生之緣起。王夫人去世業已十載，而在蘇軾的心中，夫人的身影一刻也沒有被忘記過。詞的下片記夢境。詞人彷彿隨着夢境又回到了從前。可是一夢醒來，讓詞人牽腸掛肚的還是那座千里之外松樹岡上的孤墳。

汪國新 繪

《江城子》乙卯正月三十日記夢
馬年七月七日於北京
汪國新

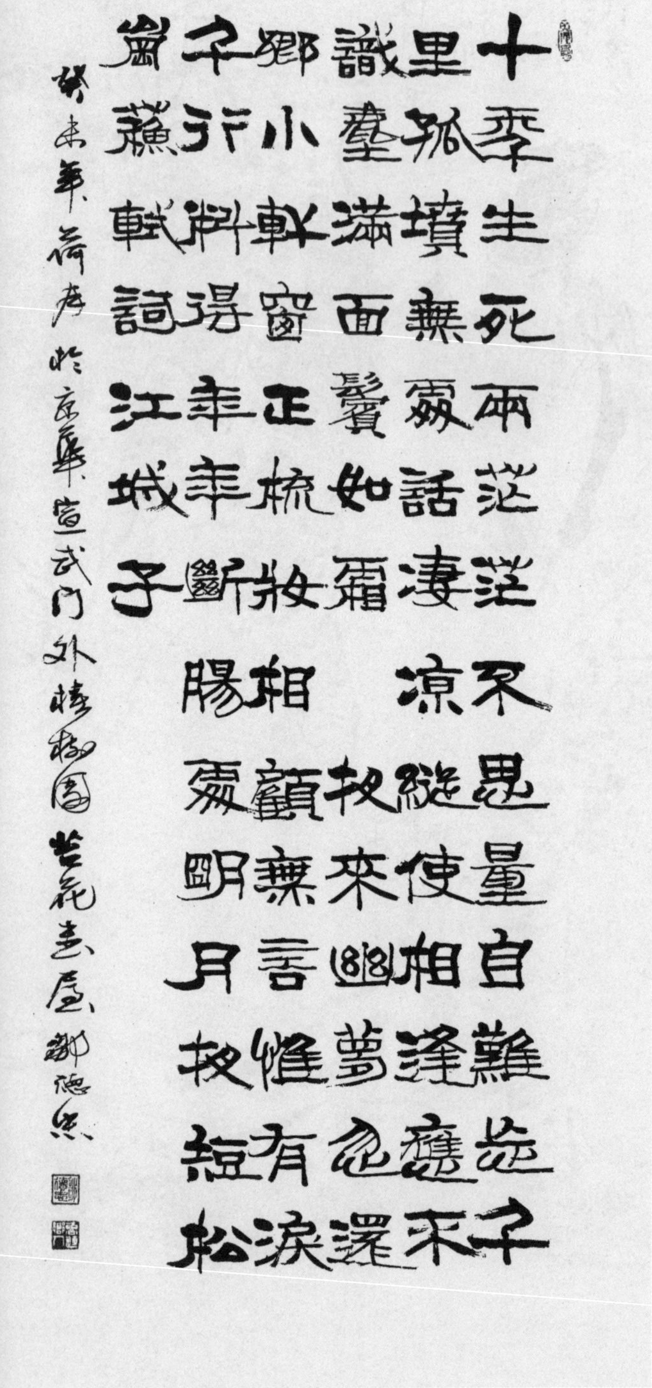
十年生死兩茫茫不思量自難忘千
里孤墳無處話淒涼縱使相逢應不
識塵滿面鬢如霜夜來幽夢忽還
鄉小軒窗正梳妝相顧無言惟有淚
千行料得年年斷腸處明月夜短松
岡蘇軾詞江城子
癸未年荷月於京華宣武門外椿樹園苔花書屋鄒德忠

鄒德忠

蘇軾詞《江城子》
癸未年荷月於京華宣武門外椿樹園苔花書屋
鄒德忠

蝶戀花

蘇軾

春景

花褪殘紅青杏小。燕子飛時，綠水人家繞。枝上柳綿吹又少。天涯何處無芳草。牆裏鞦韆牆外道。牆外行人，牆裏佳人笑。笑漸不聞聲漸悄。多情卻被無情惱。

柳綿：柳絮。
天涯何處無芳草：屈原《離騷》有：「何所獨無芳草兮，爾何懷乎故宇？」
多情：指行人，他聽牆內佳人笑聲而感觸生情。
無情：指牆內佳人。

這是一首傷春傷懷詞。詞的上闋寫暮春之景，意在表現詞人的傷春之意。詞的下闋寫人。「牆外行人」偶過，牆裏鞦韆高盪，佳人笑聲飛揚，令「牆外行人」心盪神馳，心生愛慕，但是不為佳人所知。佳人盪罷鞦韆，翩然離去，留下的那串笑聲深深印在行人的腦海，使得「行人」煩惱倍增。這首詞並不是一般的傷春懷人之作，在清新而又略帶些悵惘的描寫敘述中，實際上寄託着詞人複雜的心境。

汪國新

蝶戀花

汪國新壬午夏　北京

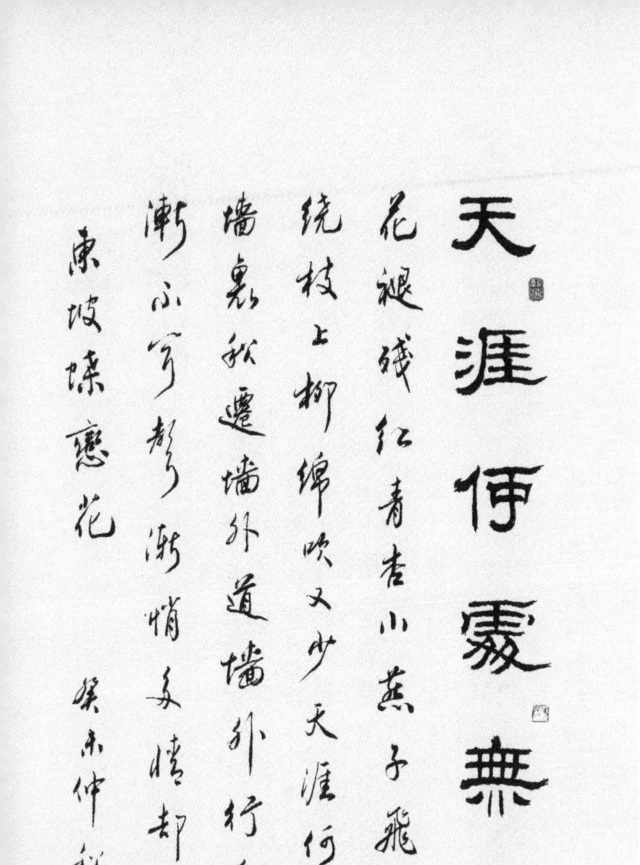

蘇士澍 書

天涯何處無芳草
東坡《蝶戀花》
癸未仲秋
蘇士澍書於北京

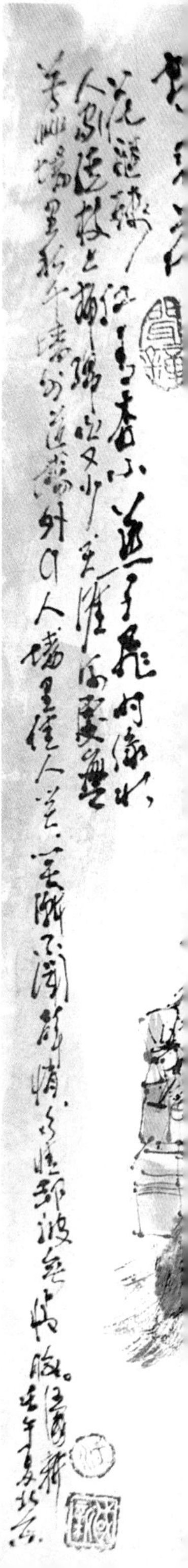

浣溪沙

蘇軾

遊蘄水清泉寺。寺臨蘭溪，溪水西流。

山下蘭芽短浸溪，松間沙路淨無泥。蕭蕭暮雨子規啼。

誰道人生無再少，門前流水尚能西。休將白髮唱黃雞。

蘄水：縣名，在今湖北浠水。

蕭蕭：形容毛毛雨。　子規：即杜鵑。

「休將」句：唐白居易《醉歌》中有句：「誰道使君不解歌，聽唱黃雞與白日。黃雞催曉丑時鳴，白日催年酉前沒。」蘇軾這裏是翻用其意。

這首詞為蘇軾在黃州所作。從詞題看，這是一首記遊詞。詞中記述了蘇軾遊歷途中的所見所聞所思所想，是詞人貶謫生涯思想的真實記錄。詞的上闋寫景，描繪了清泉寺周圍引人入勝的春天景色。詞的下闋由寫景轉入抒情，作者有感於眼前生機勃勃的大自然和潺潺的西流之水，轉而抒發自己的感慨，表達了詞人的鬥志和豪情。

山下蘭芽短浸溪松間沙路淨無泥蕭蕭暮雨子規啼誰道人生無再少門前流水尚能西休將白髮唱黃雞
壬申年秋十翼抱沖齋主范曾

范曾 繪

壬申年秋

十翼抱沖齋主范曾

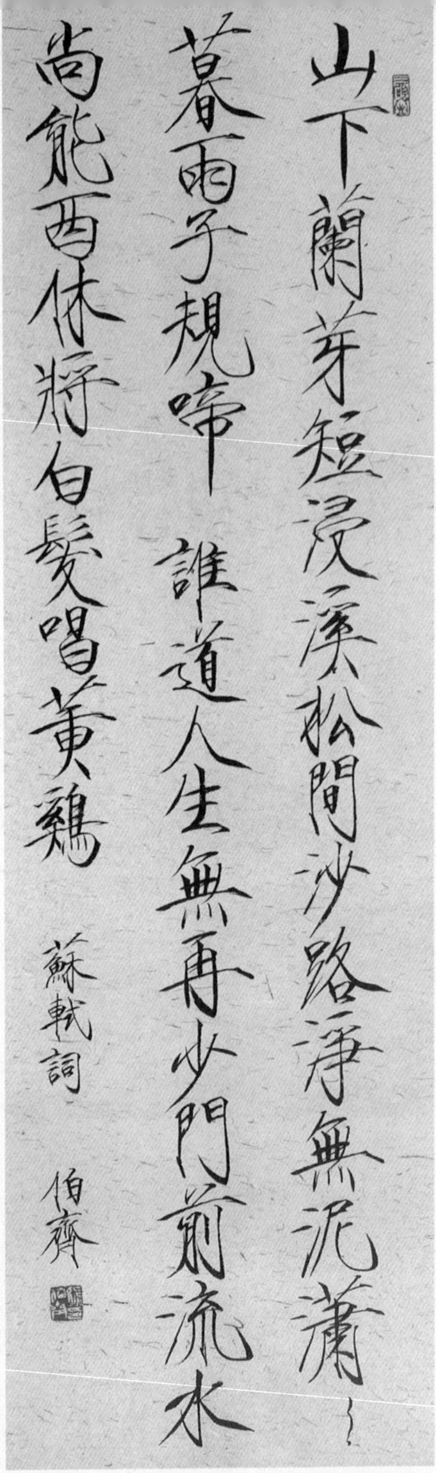
山下蘭芽短浸溪松間沙路淨無泥蕭〻
暮雨子規啼 誰道人生無再少門前流水
尚能西休將白髮唱黃雞
蘇軾詞 伯齊

熊伯齊 書

蘇軾詞
伯齊

浣溪沙

蘇軾

簌簌衣巾落棗花，村南村北響繅車。
牛衣古柳賣黃瓜。
酒困路長惟欲睡，日高人渴漫思茶。
敲門試問野人家。

簌簌：風吹物的聲音。這裏指棗花落下的聲響。
繅（sāo）車：繅絲用的器具。
牛衣：用麻或草織的給牛保暖的護被。
漫思茶：很想喝茶。漫，這裏有「不由得」的意思。

這首詞是蘇軾農村詞的代表作之一，題序為「徐門石潭謝雨道上作五首」，此為其中一首。作於元豐元年（一〇七八）的初夏，時作者在徐州任地方官。這年春天，發生嚴重旱災，蘇軾率眾到城東二十里的石潭去求雨。得雨後，他便與民眾同赴石潭謝雨。這首詞便為謝雨道上所作。詞的上片寫景，下片抒情。引人入勝之處在於，作者選取了幾個頗具特色的特寫鏡頭來組成農村生活的喜人畫面，形象十分鮮明。其中尤可稱道的是，作者對聲音的細微把握。詞的下片轉入抒情，寫自己想睡覺，想喝茶。但是在這村野之地，到哪兒去找呢？由此有了「敲門試問野人家」的結句。詞作用語清新質樸，字裏行間透示出詞人對農村的熱愛。

簌簌衣巾落
棗花村南
村北響繅車
牛衣古柳賣
黃瓜酒困
路長惟欲
睡日高人
渴謾思茶
敲門試問
野人家
蘇東坡
浣溪沙詞
意庚午
孟春

劉大為 繪

蘇東坡《浣溪沙》詞意
庚午孟春
大為作

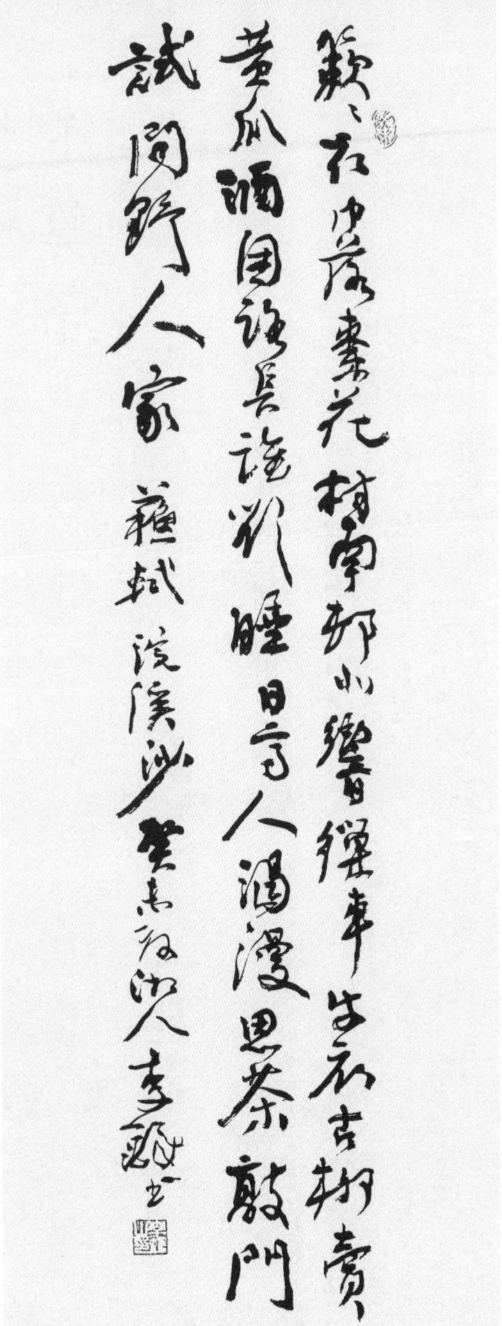

李鐸 書

蘇軾《浣溪沙》
癸未夏
湘人李鐸書

卜算子

李之儀

我住長江頭，君住長江尾。日日思君不見君，共飲長江水。此水幾時休，此恨何時已。只願君心似我心，定不負、相思意。

這首《卜算子》是一首愛情詞，是一位年輕女子對於愛情的執着表白，情感深摯感人，而用平淡自然、明白如話的口語入詞，又使得詞的內容增加了幾分親切感，增強了詞的表現力。詞的上下片以長江為線索，將這位女子的相思與愛戀極為生動地表現了出來。上片寫兩人同住長江邊，同飲長江水，卻天各一方，不能相聚。詞的下片以長江水的川流不息，引出女主人公相思之苦和對愛情執着的誓言表達。整首詞鋪陳直敘，仿若一個女子的獨白，語淺情深，語短情長，口語化的表達方式使得詞頗有一種民歌的韻致。後人對此詞多有好評。

孫志卓 繪

李之儀《卜算子》詞意
壬午歲仲秋
志卓製

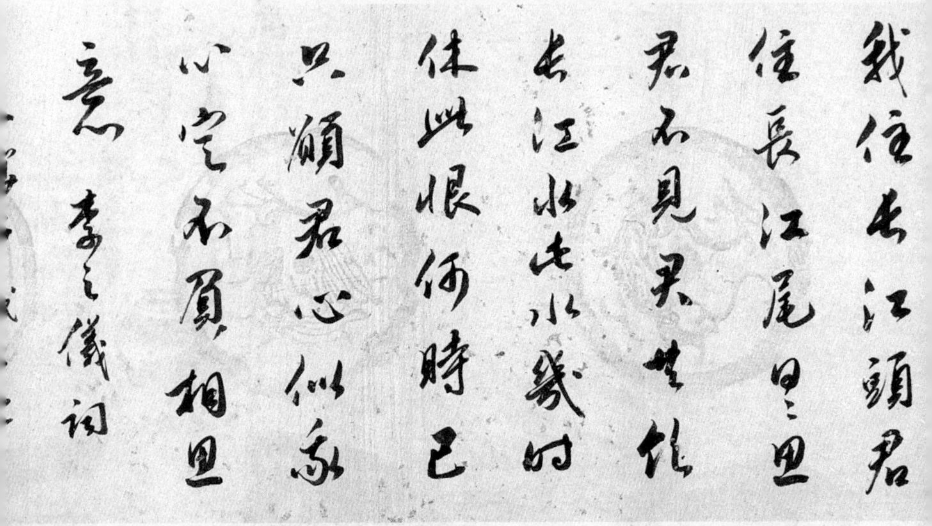

康莊

李之儀詞《卜算子》
貳千零三年
燕人康莊

清平樂

黃庭堅

春歸何處？寂寞無行路。若有人
知春去處，喚取歸來同住。
春無蹤跡誰知，除非問取黃鸝。
百囀無人能解，因風飛過薔薇。

問取：問。
百囀：形容黃鸝婉轉的鳴聲。
因風：趁着風勢。

這是一首傷春詞。詞作用擬人的手法，把春天比作是一個有生命的個體來進行描繪，是古代惜春傷春詞中的一篇極具特色的詞，也是黃庭堅詞的代表作之一。詞的上片以一個問句領起，寫詞人到處尋春不遇的苦況，語氣急促，尤見作者愛春惜春心情之急迫。詞的下片依然以尋春為線索，以「問取黃鸝」這樣一個奇特的構思入詞，運筆新穎別致，從中也可見出詞作者惜春之意。

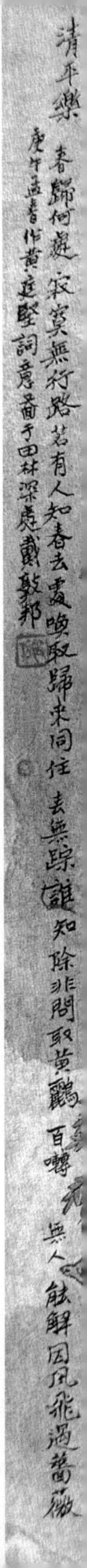

戴敦邦

清平樂
庚午孟春作黃庭堅詞意圖於
田林深處
戴敦邦

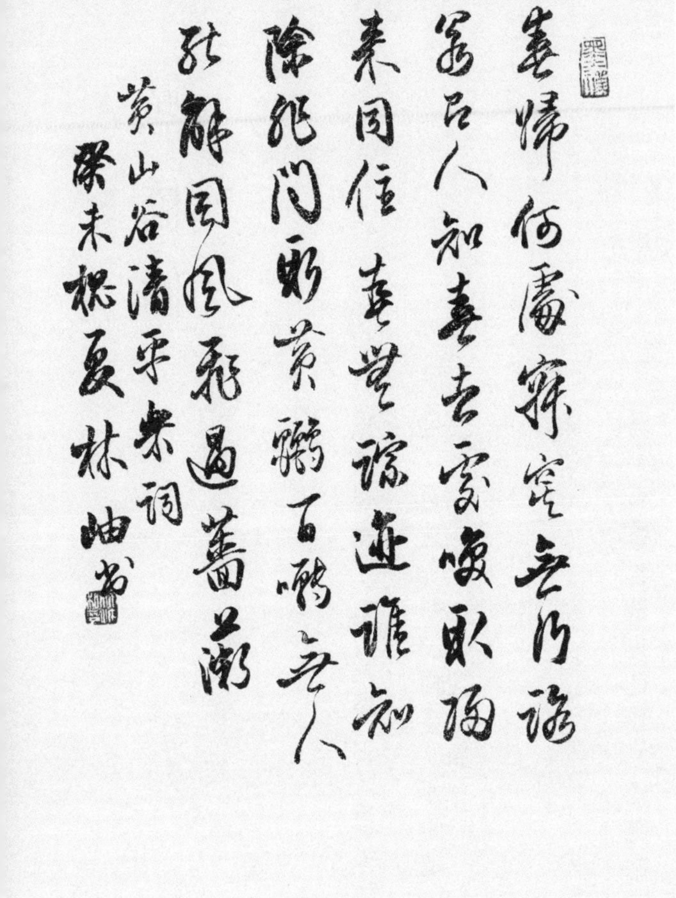

林岫

黃山谷《清平樂》詞
癸未槐夏
林岫書

鵲橋仙

秦觀

纖雲弄巧，飛星傳恨，銀漢迢迢暗度。金風玉露一相逢，便勝卻、人間無數。

柔情似水，佳期如夢，忍顧鵲橋歸路。兩情若是久長時，又豈在、朝朝暮暮。

這是一曲歌頌純美愛情的絕唱。牛郎織女的愛情在常人眼裏，是一個值得同情和惋惜的悲劇，但在秦觀的筆下卻變成了一個讓人欽羨的美麗愛情故事，顯示出了作者化腐朽為神奇的神到筆力。上片寫七夕佳期相會，下片則是寫牛郎織女依依惜別。從天上寫到人間，有敘述有議論，寫景、抒情、議論融為一體，思路清晰，情致婉轉。詞的最後幾句以議論結束，既是詞人對牛郎織女愛情的讚美，也是詞人對自我身世的感慨，是千古傳頌的名句。

汪國新

馬年金秋北京
汪國新

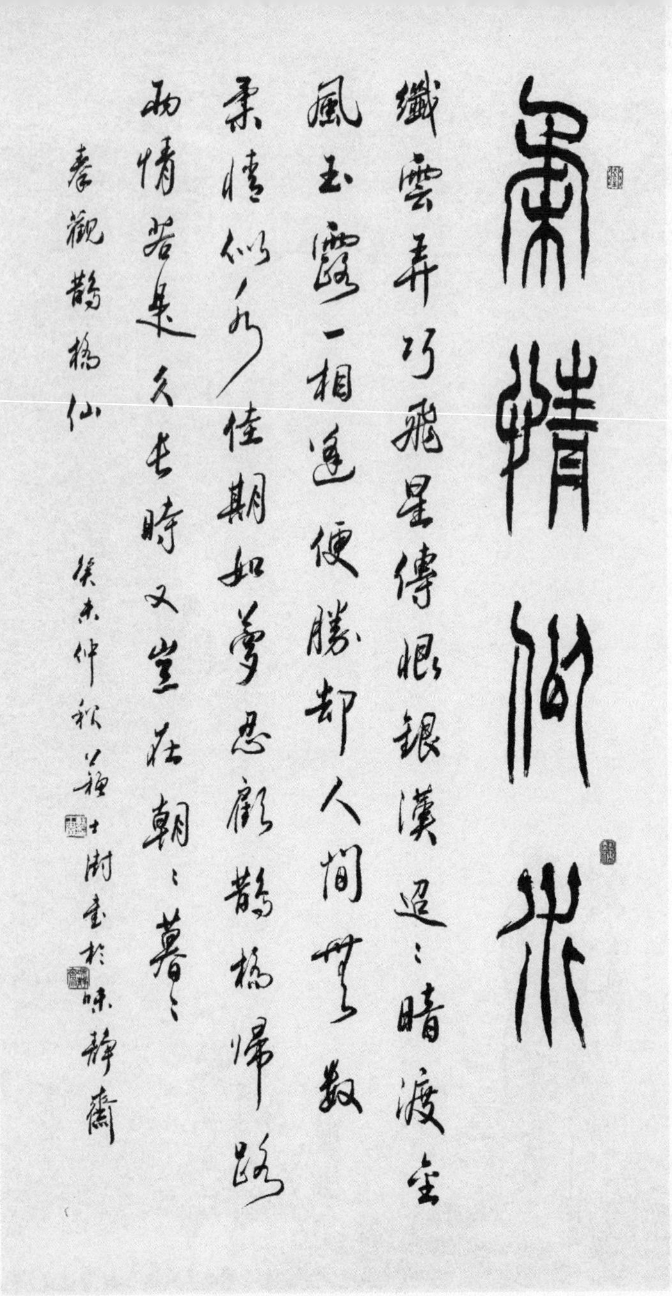
柔情似水
纖雲弄巧飛星傳恨銀漢迢迢晴渡金
風玉露一相逢便勝卻人間無數
柔情似水佳期如夢忍顧鵲橋歸路
兩情若是久長時又豈在朝朝暮暮
秦觀鵲橋仙
癸未仲秋
士澍書於味靜齋

蘇士澍

柔情似水

秦觀《鵲橋仙》

癸未仲秋

蘇士澍書於味靜齋

踏莎行

秦觀

霧失樓台，月迷津渡。桃源望斷無尋處。可堪孤館閉春寒，杜鵑聲裏斜陽暮。

驛寄梅花，魚傳尺素。砌成此恨無重數。郴江幸自繞郴山，為誰流下瀟湘去。

津渡：渡口。

桃源：即桃花源，指避世隱居的地方，亦指理想的境地。

可堪：哪堪，哪能受得了。驛寄梅花：陸凱寄梅花一枝與范曄，並《贈范曄詩》有句：「折花逢驛使，寄與隴頭人。」

魚傳尺素：漢無名氏《飲馬長城窟行》有句：「客從遠方來，遺我雙鯉魚。呼兒烹鯉魚，中有尺素書。」兩句指親朋書信。郴：郴州，今湖南郴縣。幸自：本身。

瀟湘：瀟江與湘水的並稱。多借指今湖南地區。

這首詞作於秦觀因坐黨籍遭貶謫之時。詞中抒發了詞人貶謫途中的羈旅窮愁，字裏行間充滿了悽苦哀怨之音。詞的上片寫春日晚景，詞人由遠及近，由見及聽，極為細緻地刻畫了旅途中的所見所聞。惱人的景物描寫中也寓託着詞人內心的孤苦和深沉的鄉思。詞的下片轉入抒情，抒發詞人客居他鄉時濃濃的鄉愁，以及對自己身遭不公待遇的不滿。

霧失樓臺月迷津渡桃源望斷無尋處
可堪孤館閉春寒杜鵑聲裏斜陽暮
驛寄梅花魚傳尺素砌成此恨無重數
郴江幸自繞郴山為誰流下瀟湘去

宋秦觀踏莎行 歲在癸未之夏 董正賀書

孫志卓 繪
秦觀《踏莎行》詞意
歲次壬午仲秋
志卓製

董正賀 書
宋秦觀《踏莎行》
歲在癸未之夏
董正賀書

浣溪沙

秦觀

漠漠輕寒上小樓，曉陰無賴似窮秋。

淡煙流水畫屏幽。

自在飛花輕似夢，無邊絲雨細如愁。

寶簾閑掛小銀鈎。

漠漠：雲煙迷濛的樣子。

這是一首閨愁詞，寫的是一位閨中女子春日的閑愁。此詞用鋪敘的手法，描繪了春日閨閣之景，雖無一語及人，而一位多愁善感、百無聊賴的閨中女子分明已經形象鮮明地顯現於讀者面前。詞的上下片均採用由外及內的推進法，從樓外到樓內，層次分明地描寫了春日閨樓內外的景色，並由景見情，抒發了女主人公春日獨處的閑愁。這首詞詞風清麗淡雅，骨力柔弱，是秦觀婉約之作中的上乘之作。

高向陽 繪

宋秦觀《浣溪沙》詞意
歲次壬午仲秋
圖此並題於無厭齋南窗此為第三稿也
向陽

漠漠輕寒上小樓曉陰無
賴似窮秋淡煙流水畫屏
幽自在飛華輕似夢無邊
絲雨細如愁寶簾閒掛小
銀鉤

秦觀詞浣溪沙 貳千零三年 燕人康莊

康莊

秦觀詞《浣溪沙》
貳千零三年
燕人康莊

行香子

秦觀

樹繞村莊，水滿陂塘。倚東風、豪興徜徉。小園幾許，收盡春光。有桃花紅，李花白，菜花黃。

遠遠圍牆，隱隱茅堂。颺青旗、流水橋傍。偶然乘興，步過東岡。正鶯兒啼，燕兒舞，蝶兒忙。

陂塘：池塘。
徜徉：閑遊，安閑自在地步行。
茅堂：茅屋。
乘興：乘着一時高興。

這首詞以歡快的筆調，生動地描繪了一幅農村春光圖。此詞一改秦觀婉約纏綿的寫作風格，是秦觀詞中不可多得的一首寫景詞。詞的章法安排很有層次，上下片都是採用從遠到近，由大到小的推進式寫作方式，先是大範圍的遠景掃描，接着是近距離的聚焦，最後是某個景物的特寫。如上片從村莊到小園，再到紅紅的桃花，白色的李花，金黃的菜花；下片從遠遠的圍牆、茅堂，到東岡，再到千啼百囀的黃鶯，翩躚起舞的燕子，和穿梭不定的蝴蝶，就是這樣的章法安排。這首詞還有一個特徵就是語言清新淺易、流暢自然，這也與秦觀婉約詞的寫法大有不同。

孫文鐸 繪

秦觀《行香子》詞意
壬午秋
文鐸

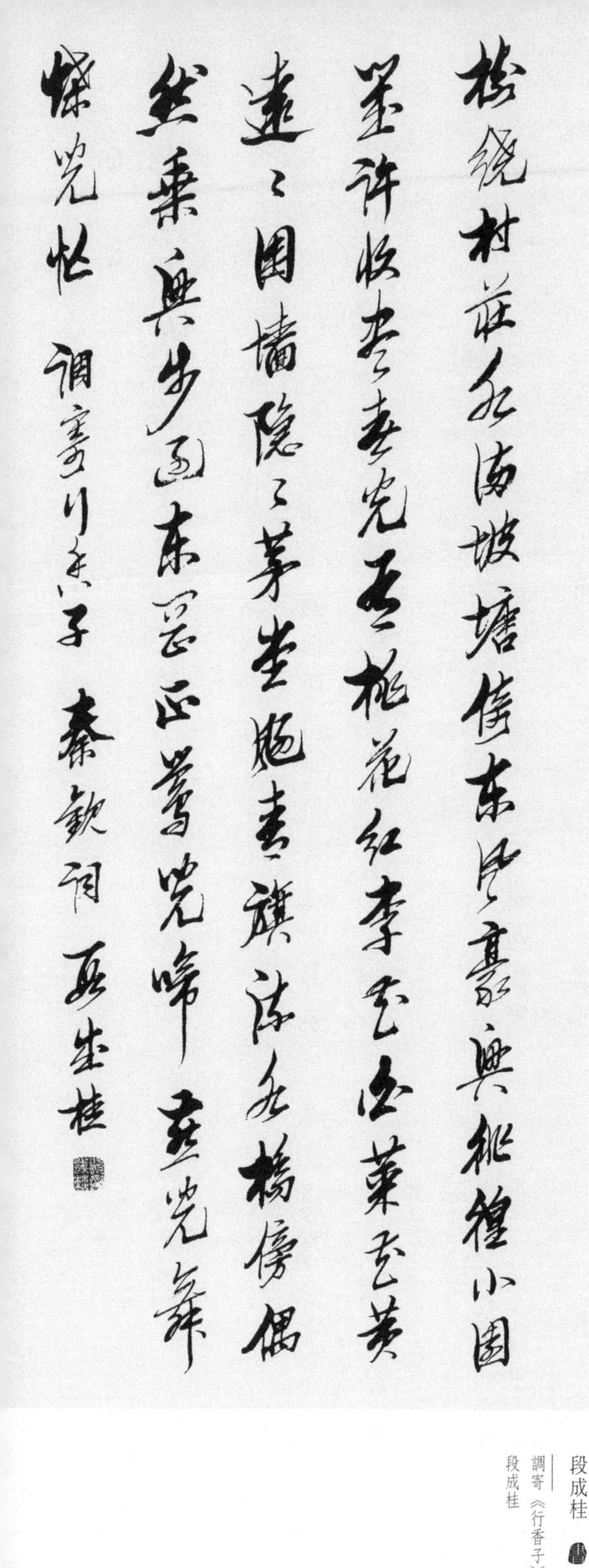

段成桂 書

調寄《行香子》秦觀詞
段成桂

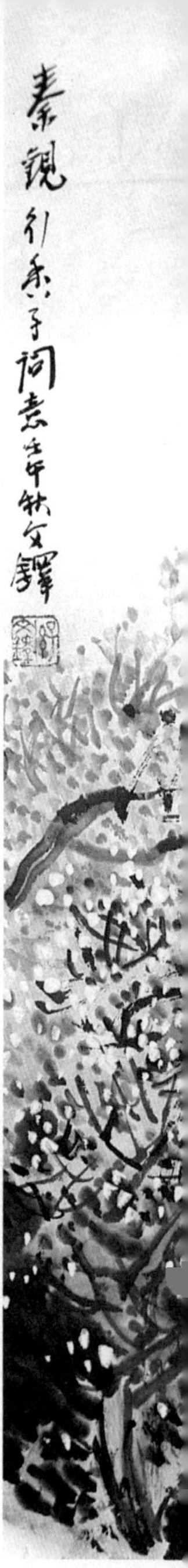

青玉案

賀鑄

橫塘路

凌波不過橫塘路，但目送、芳塵去。錦瑟華年誰與度？月橋花院，瑣窗朱戶，只有春知處。

飛雲冉冉蘅皋暮，彩筆新題斷腸句。若問閑情都幾許？一川煙草，滿城風絮，梅子黃時雨。

凌波：形容女子步態輕盈。
芳塵：指美人行走帶動的塵土，這裏代指美人。
錦瑟華年：指美好的青春時期。錦瑟，飾有彩紋的瑟。
瑣窗：鐫刻連瑣圖案的窗子。朱戶：朱紅的大門。
蘅皋：長有香草的水中高地。
彩筆：比喻有寫作的才華。幾許：多少。川：平野，平地。

這首詞寫的是作者與一位佳人邂逅之後留下的「閑愁」。詞的上闋寫景敘事，寫他路遇佳人而不知所往，心中充滿了惆悵。詞的下片即是寫愁。詞的最後三句鋪敘展衍，極言其愁之多，是古今傳唱的佳句。賀鑄的這首詞為他帶來了詞壇上的聲名，周紫芝《竹坡詩話》說：「賀方回嘗作《青玉案》詞，有『梅子黃時雨』之句，人皆服其工，士大夫謂之『賀梅子』。」

苗重安

重安

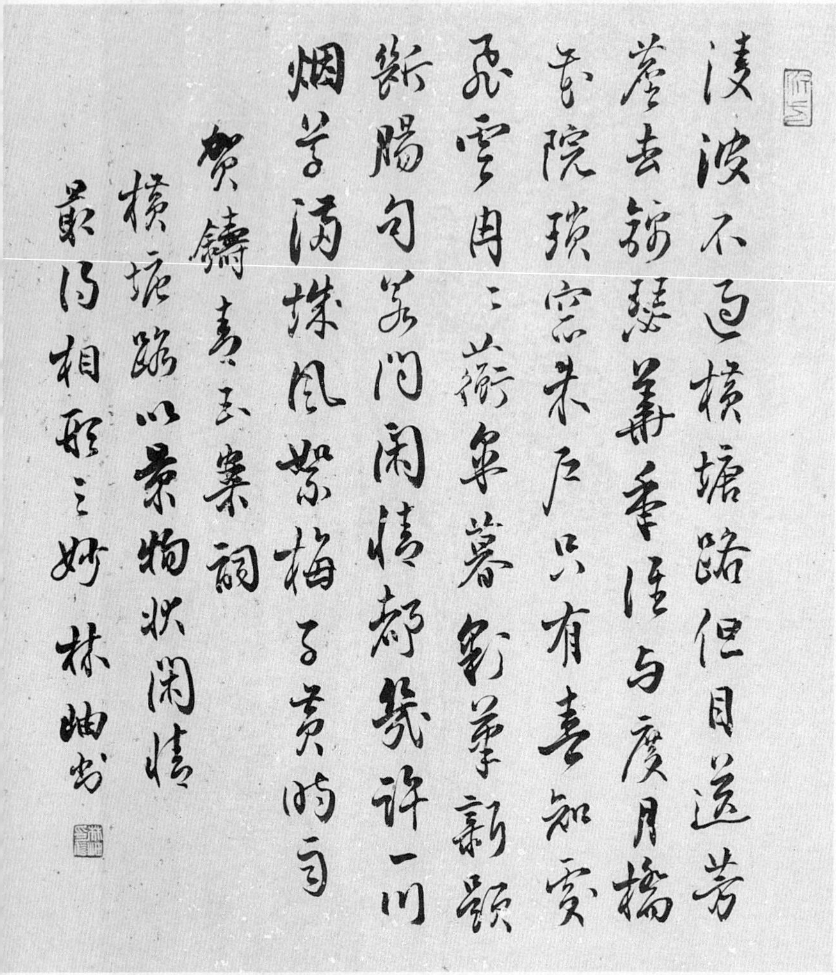
淩波不過橫塘路但目送芳
塵去錦瑟華年誰與度月橋
花院瑣窗朱戶只有春知處
飛雲冉冉蘅皋暮彩筆新題
斷腸句若問閑情都幾許一川
烟草滿城風絮梅子黃時雨
賀鑄青玉案詞
橫塘路以景物狀閑情
最得相形之妙 林岫書

林岫

賀鑄《青玉案》詞 橫塘路以景物狀閑情最得相形之妙
林岫書

蘇幕遮

周邦彥

般涉

燎沉香，消溽暑。鳥雀呼晴，侵曉窺簷語。葉上初陽乾宿雨，水面清圓，一一風荷舉。

故鄉遙，何日去。家住吳門，久作長安旅。五月漁郎相憶否？小楫輕舟，夢入芙蓉浦。

燎：燒。
溽暑：盛夏濕熱天氣。
侵曉：破曉，天剛放亮。
吳門：蘇州的別稱，這裏指古屬三吳之地的錢塘（今浙江杭州）。
長安：借指北宋汴京。

這首詞作於周邦彥旅居當時的都城汴京之時。詞的上片寫夏日之景，其中最為人們所激賞的是「葉上」三句，詞人選取雨後風荷作為描摹的對象，把雨後荷葉的情態刻畫得惟妙惟肖。詞的下片抒情，寫羈旅之思。詞人由眼前所見所聞，很自然地想到了自己的家鄉，於是思鄉之情油然而生。詞作者不直言自己思鄉，而是在想家鄉的漁郎是否在思念自己，構思奇特。最後兩句以夢境作結，與上片所見的眼前實景相照應，虛實相生。般涉，此詞在《清真集》入「般涉調」。

孫志卓 繪

周邦彥《蘇幕遮》詞意
歲次壬午仲秋
志卓製

燎沈香消溽暑鳥雀呼晴侵曉
窺簷語葉上初陽乾宿雨水面清
圓一一風荷舉故鄉遙何日去家
住吳門久作長安旅五月漁郎相
憶否小楫輕舟夢入芙蓉浦

清真詞 培貴書

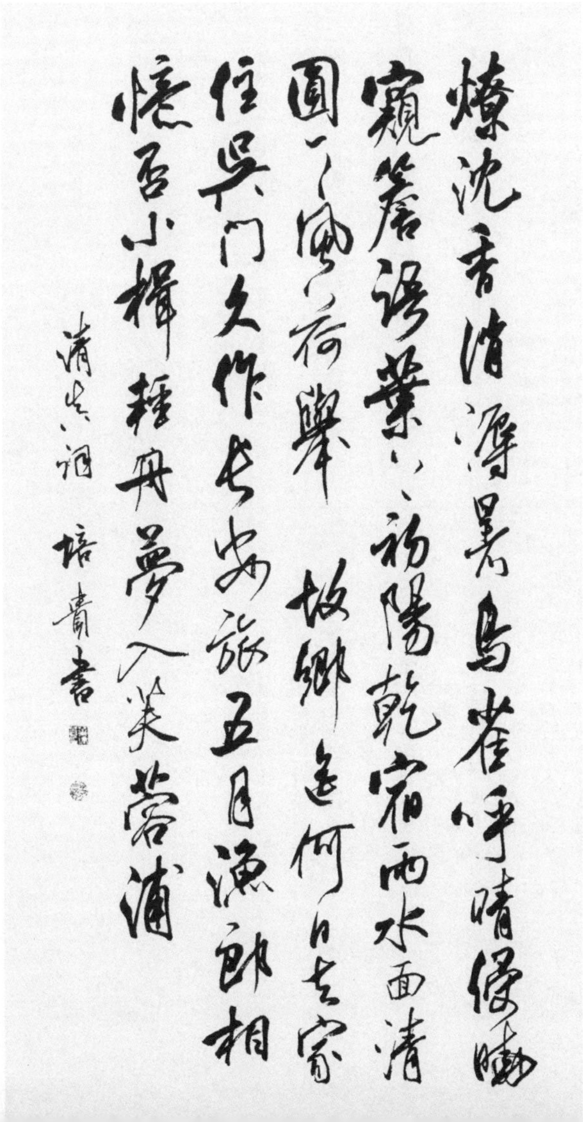

少年遊

周邦彥

并刀如水，吳鹽勝雪，纖手破新橙。
錦幄初溫，獸煙不斷，相對坐調笙。
低聲問向誰行宿，城上已三更。
馬滑霜濃，不如休去，直是少人行。

并刀：并州出產的刀。
如水：形容刀的鋒利。
吳鹽：吳地出產的鹽。
幄：帳。
獸煙：獸形香爐中升起的煙霧。
誰行：誰那裏。

這首詞是感舊之作，寫的是詞人曾經有過的一段讓人難以忘懷的情事。詞中回顧了自己與一位多情女子的相聚場面，細膩入神的追述中，備見兩人情義之深重。詞中無一語直接描寫那位多情女子的容貌，卻從景物的刻畫、語言的描寫等多個側面成功塑造了一位溫柔繾綣多情的美麗女子。

并刀如水吳
鹽勝雪
纖手破新橙
錦幄初溫
獸煙不斷
相對坐調
笙低聲
問向誰
行宿城
上已三更
馬滑霜
濃不如休
去直是
少人行
周邦彥
少年遊詞
意壬午秋
日圖此並題
向陽

高向陽 繪

周邦彥《少年遊》詞意
壬午秋日圖此並題
向陽

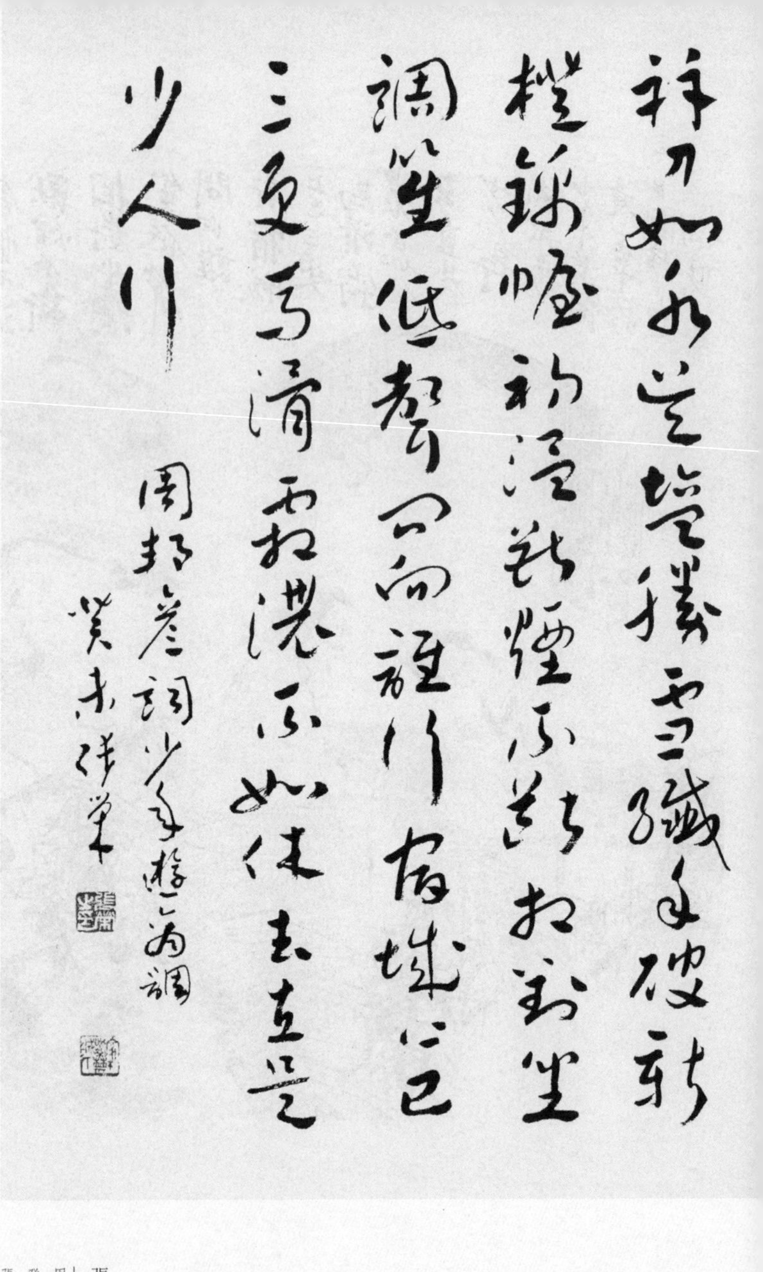
并刀如水吳鹽勝雪纖手破新
橙錦幄初溫獸煙不斷相對坐
調笙低聲問向誰行宿城上已
三更馬滑霜濃不如休去直是
少人行
周邦彥詞少年遊為調
癸未張榮

張榮

周邦彥詞《少年遊》為調
癸未
張榮

蝶戀花

周邦彥

秋思

月皎驚烏棲不定。更漏將殘，
轣轆牽金井。喚起兩眸清炯炯。
淚花落枕紅綿冷。
執手霜風吹鬢影。去意徊徨，
別語愁難聽。樓上闌干橫斗柄。
露寒人遠雞相應。

炯炯：明亮的樣子，多用於目光。

這首詞寫離情，是詞人離別場面的一次記錄。詞的上片寫分別之前的情形。夜色深沉，更漏將盡，皎潔的月亮升起來，長相廝守的一對有情人卻要天各一方，這是多麼讓人難過的一件事情啊。詞的下片寫分別時和別後情形。從層次上看，這首詞從別前寫到別時、別後，章法清晰順暢，井然有序。

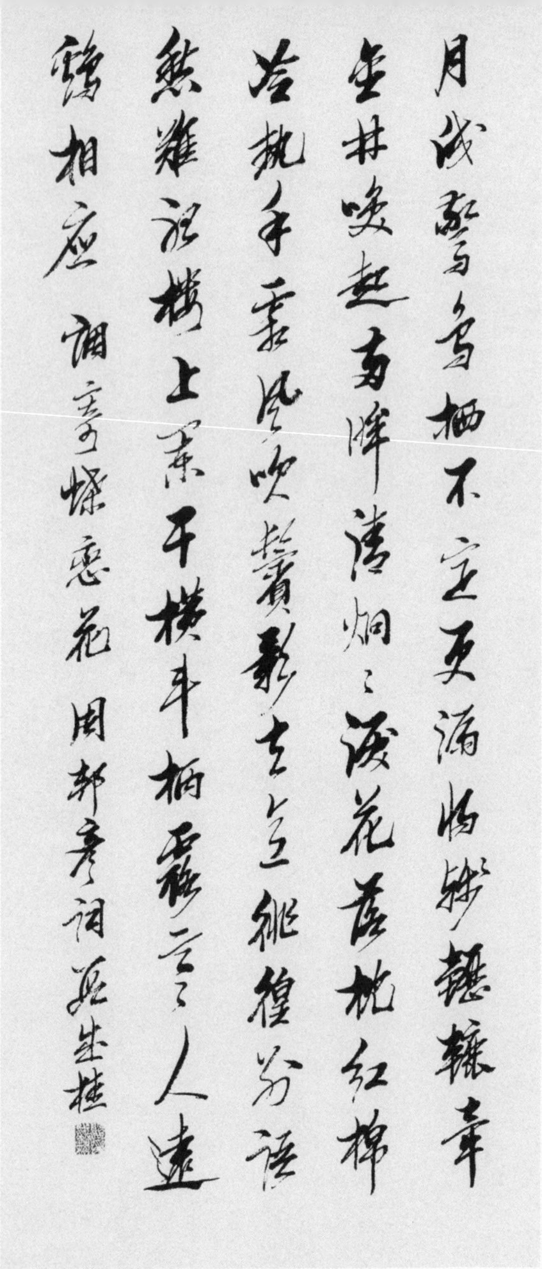
月皎驚烏棲不定更漏將殘轣轆牽金井
喚起兩眸清炯炯淚花落枕紅棉冷
執手霜風吹鬢影去意徊徨別語愁難聽
樓上闌干橫斗柄露寒人遠雞相應
調寄蝶戀花 周邦彥詞 段成桂

段成桂 書

調寄《蝶戀花》周邦彥詞
段成桂

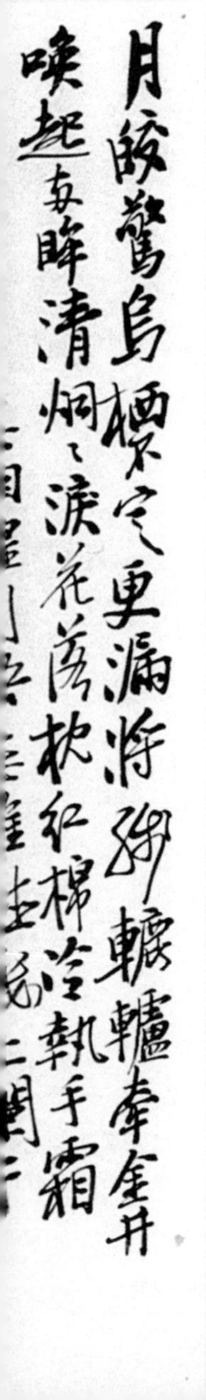
月皎驚烏棲不定更漏將殘轣轆牽金井
喚起兩眸清炯炯淚花落枕紅綿冷執手霜

高向陽 繪

宋周美成《蝶戀花·秋思》詞意
歲在壬午仲秋圖此並題之
無厭齋主人向陽一揮

歲在壬午仲秋圖此
向陽一揮

鷓鴣天

葉夢得

一曲青山映小池，綠荷陰盡雨離披。
何人解識秋堪美，莫為悲秋浪賦詩。
攜濁酒，繞東籬。菊殘猶有傲霜枝。
一年好景君須記，正是橙黃橘綠時。

離披：散亂的樣子。
堪：能夠，可以。

這首《鷓鴣天》是頌美秋天的，着眼於「橙黃橘綠」的秋景。詞中寫景與抒情相結合，上下片中均有敘有議。最有特色的是，詞的最後三句將蘇軾《贈劉景文》詩的原句不加斧鑿，直接嵌入詞中，而毫無生澀齟齬之感，體現了詞人高超的藝術把握能力。

孫文鐸 繪

葉夢得《鷓鴣天》詞意
壬午秋
文鐸畫

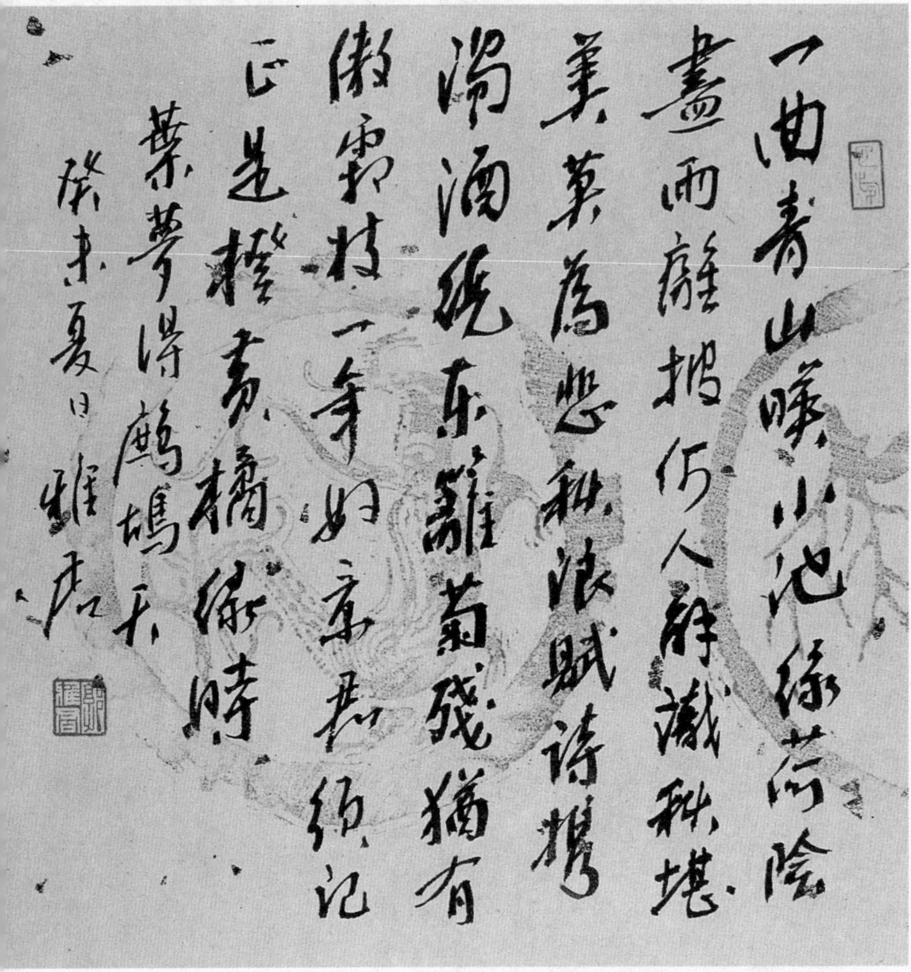
一曲青山映小池綠荷陰
盡雨離披何人解識秋堪
美莫為悲秋浪賦詩攜
濁酒繞東籬菊殘猶有
傲霜枝一年好景君須記
正是橙黃橘綠時
葉夢得鷓鴣天
癸未夏日 雅君

郭雅君

——葉夢得《鷓鴣天》
癸未夏日
雅君

南鄉子

葉夢得

自後圃晚步湖上

小院雨新晴，初聽黃鸝第一聲。滿地綠陰人不到，盈盈。一點孤花尚有情。
卻傍水邊行，葉底跳魚浪自驚。日暮小舟何處去，斜橫。衝破波痕久未平。

葉夢得是南渡時期重要的詞人。其詞以南渡為界，明顯表現為兩種不同的風格。前期詞多婉約纏綿之作，而後期因國破家亡，詞風發生了很大的變化。細味此詞詞意，或為後期的作品。這是一首寫景詞，寫的是春末夏初之間的景致。詞的上片聚焦於小院，下片則寫水邊。通過對孤花和斜橫小舟的描寫，集中抒發了詞人落寞和無可依傍的孤獨情懷，反映了靖康之難給詞人帶來的巨大的心理衝擊。

孫文鐸 繪

葉夢得詞意
壬午秋
文鐸畫

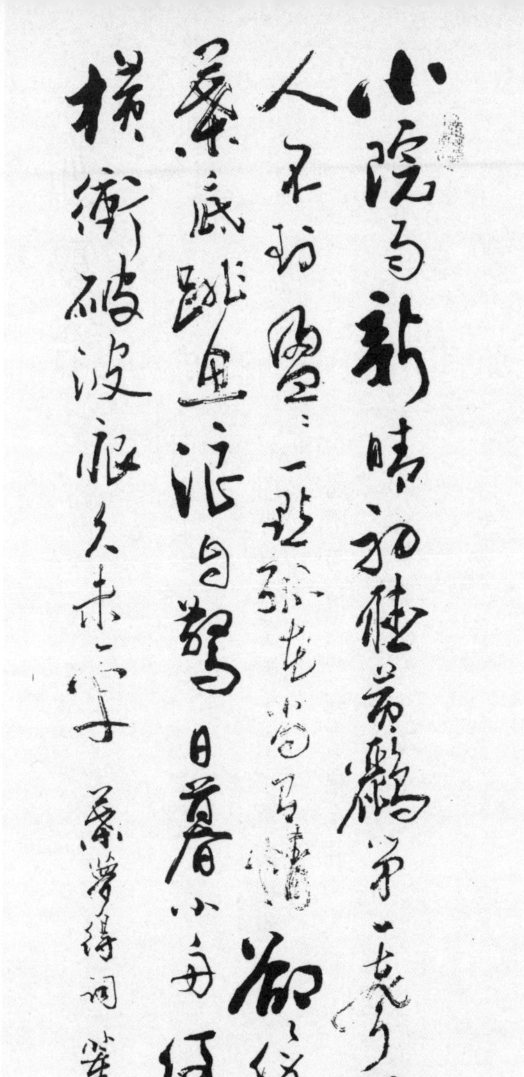

董正賀 書

葉夢得詞
董正賀書

如夢令

曹組

門外綠陰千頃，兩兩黃鸝相應。睡起不勝情，行到碧梧金井。人靜，人靜，風動一枝花影。

這首《如夢令》是一首閨情詞，寫的是一位女子晝眠醒後的所見所聞。小令從門外寫到門內，從遠處寫到近前，從黃鸝的成雙成對，寫到這位女子的閨中獨處，兩兩對照呼應，在佈局上頗顯功力。最後兩句以花喻人，既是實寫，也是虛寫；既寫出了這位女子的美麗，也交代了這位女子的孤單，可謂語兼雙關，用意深刻。詞作採用未見其人，先聞其聲的手法，來傳達一位閨中女子的閨愁，詞中雖無一語直接寫人的容貌，而一位多愁善感的女子分明已經宛然在讀者眼前。

門外綠陰千頃兩兩黃鸝
相應睡起不勝情行到碧
梧金井人靜人靜風動一枝花影
癸未松崗寫宋詞意

廖松崗 繪

癸未松崗寫宋詞意

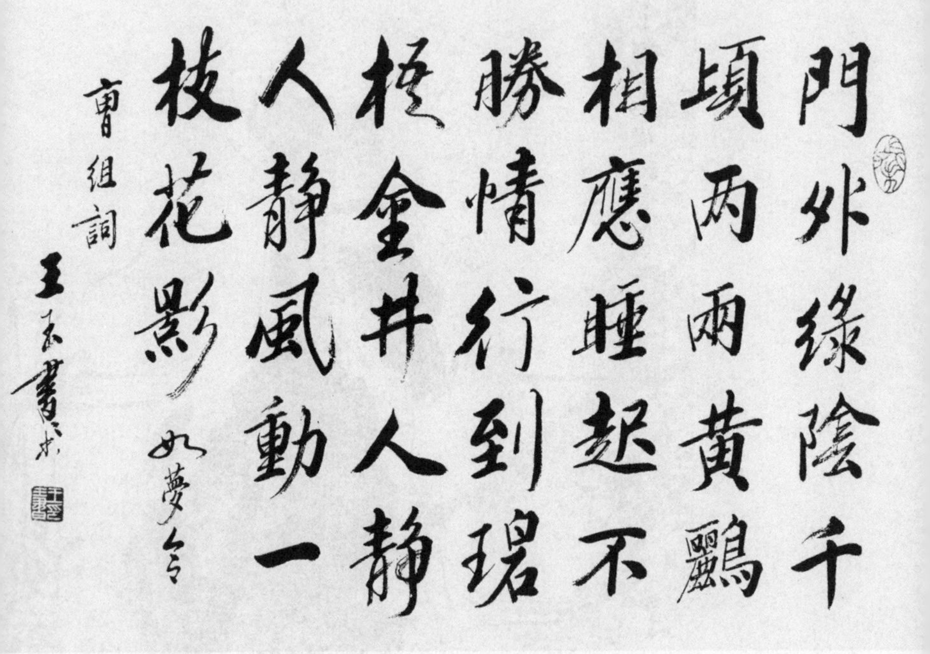
門外緣陰千
頃兩兩黃鸝
相應睡起不
勝情行到碧
梧金井人靜
人靜風動一
枝花影
如夢令
曹組詞
王玉書

王玉書

《如夢令》曹組詞

王玉書書

眼兒媚

趙佶

玉京曾憶昔繁華，萬里帝王家。
瓊林玉殿，朝喧弦管，暮列笙琶。
花城人去今蕭索，春夢繞胡沙。
家山何處，忍聽羌笛，吹徹梅花。

玉京：即指皇都，這裏指北宋都城開封（今屬河南）。
瓊林：宋御院名，在汴京城西。這裏泛指皇家林苑。
花城：言都城繁華，如花似錦。
梅花：指笛曲《梅花落》，其調淒涼。

這首《眼兒媚》作於趙佶父子被俘北去之後。上闋憶舊日瓊林玉殿、朝管暮弦的自在生涯；下闋摹如今胡沙繞夢、羌笛滿耳的悽慘歲月，兩相比照，倍覺悲涼。

劉大為

庚午孟春寫趙佶《眼兒媚》詞意
大為

玉京曾憶昔繁華
萬里帝王家
瓊林玉殿
朝喧弦管
暮列笙琶
花城人去今蕭索
春夢繞胡沙
家山何處
忍聽羌笛
吹徹梅花
庚午孟春寫趙佶眼兒媚詞意
大為

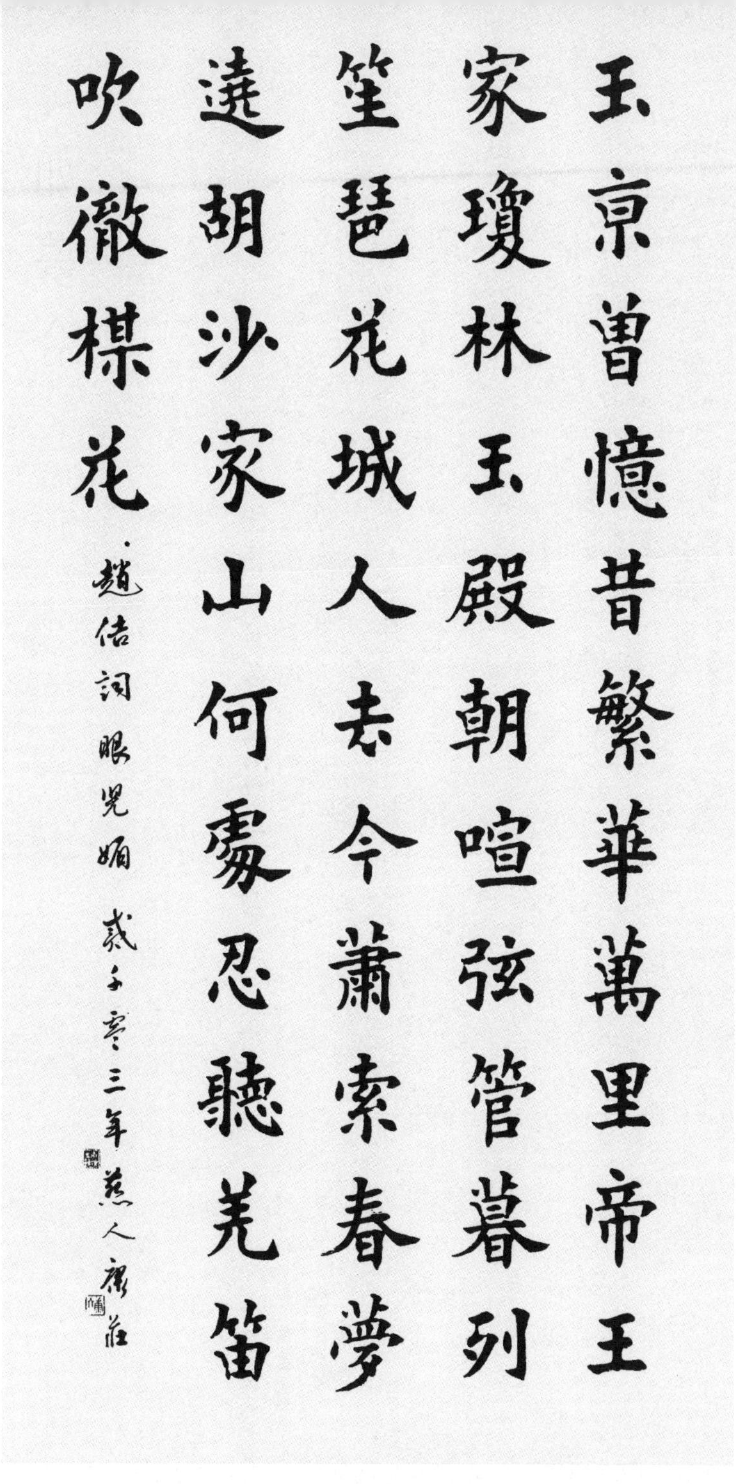
玉京曾憶昔繁華萬里帝王
家瓊林玉殿朝喧弦管暮列
笙琶花城人去今蕭索春夢
遶胡沙家山何處忍聽羌笛
吹徹楳花
趙佶詞眼兒媚 貳千零三年 燕人康莊

康莊 書

趙佶詞《眼兒媚》

貳千零三年

燕人康莊

如夢令

李清照

常記溪亭日暮，沉醉不知歸路。
興盡晚回舟，誤入藕花深處。
爭渡，爭渡，驚起一灘鷗鷺。

溪亭：泉名，濟南名泉之一。
日暮：黃昏時候。
藕花：荷花。
爭渡：搶着把船划出去。
鷗鷺：鷗、鷺，都是水鳥名。

這首詞追記了青年時期有趣的郊遊情景。興盡晚歸，不識歸路，陶醉在歡樂之中。

呂士榮 繪

宋李清照詞味
庚辰歲早春
士榮畫

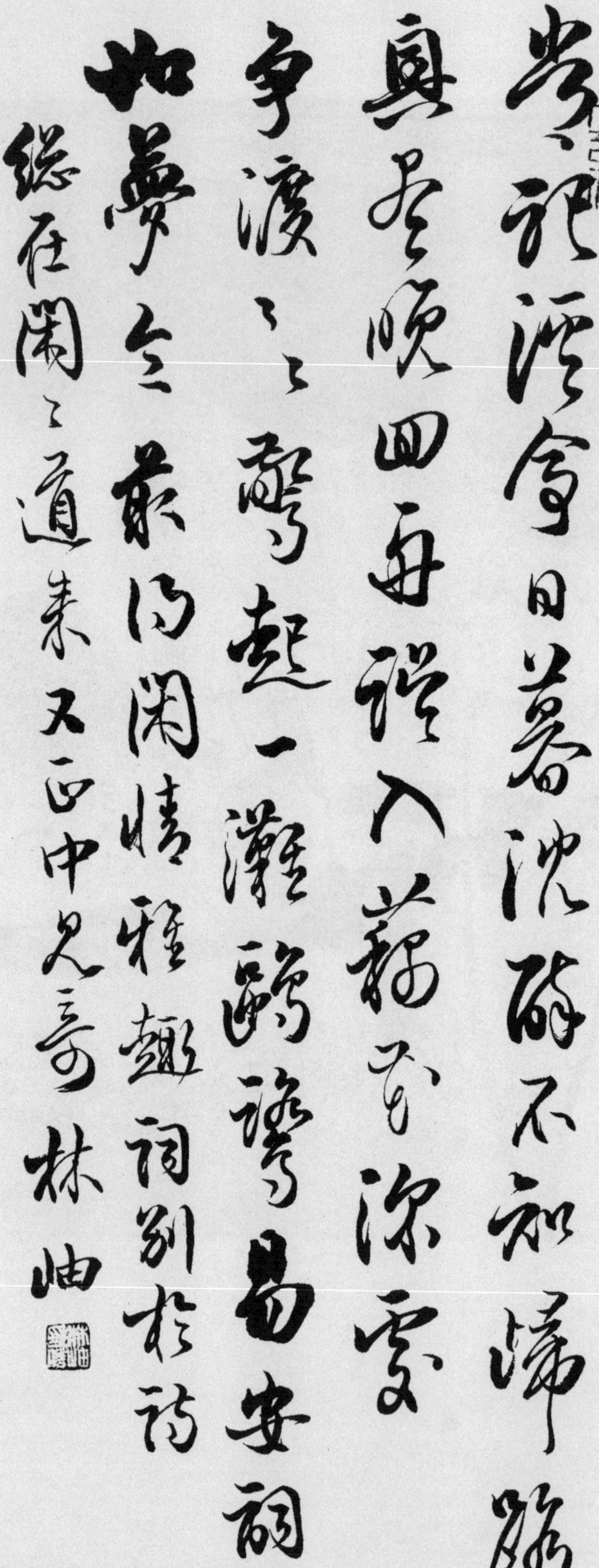

林岫

易安詞《如夢令》 最得閑情雅趣詞別於詩
總在閑閑道來又正中見奇
林岫

如夢令

李清照

昨夜雨疏風驟，濃睡不消殘酒。
試問捲簾人，卻道海棠依舊。
知否，知否，應是綠肥紅瘦。

驟：迅急，猛快。

這首小令作於李清照生活的前期，表現女主人公傷春、惜春之情。小令並無多少新穎之處，千百年來，卻保持着不朽的藝術生命力，其中原因或許就在於這一問一答的對話中。清人黃了翁謂：「一問極有情，答以『依舊』，答得極淡，跌出『知否』二句來。而『綠肥紅瘦』無限悽婉，卻又妙在含蓄。短幅中藏無數曲折，自是聖於詞者。」（《蓼園詞選》）擬人化的手法或許也是這首詞永葆魅力的一個不可或缺的因素。詞中把本來用以形容人的「肥」、「瘦」二字借來喻花、葉，極為形象，且頗顯出濃厚的人情味，字裏行間透示着詞人的惜春之情。小令短短三十三字，卻活化出一個閨中女子的豐富的內心世界，可謂語約而義豐。此外，淺近平實的語言也是本詞的一個特色。

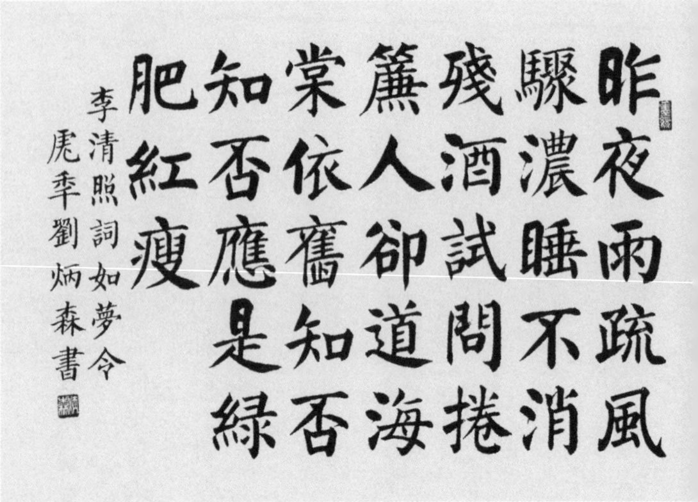

劉炳森

李清照詞《如夢令》
虎年劉炳森書

謝志高

李清照前調詞意
甲子清明時節
志高寫於北京井上樓

昨夜雨疏風驟
濃睡不消殘酒
試問捲簾人
卻道海棠依舊
知否知否
應是綠肥紅瘦
李清照詞意
甲子清明時節

鳳凰台上憶吹簫

李清照

香冷金猊，被翻紅浪，起來人未梳頭。任寶奩閑掩，日上簾鈎。生怕閑愁暗恨，多少事、欲說還休。今年瘦，非干病酒，不是悲秋。

明朝，這回去也，千萬遍陽關，也即難留。念武陵春晚，雲鎖重樓。記取樓前綠水，應念我、終日凝眸。凝眸處，從今更數，幾段新愁。

金猊：獅形銅香爐。猊，即獅子。
被翻紅浪：紅被不折，亂攤床上。
寶奩：貴重的梳妝鏡匣。病酒：飲酒過多而致不適。
陽關：即送別曲子《陽關三疊》，源出王維《渭城曲》。

這首詞為李清照送別丈夫趙明誠離家外出之作。詞中婉轉曲折地抒寫了作者的離愁別苦：先寫臨別苦況，後寫別後新愁，纏綿悱惻，跌宕生姿。

劉旦宅 繪

易安居士《鳳凰台上憶吹簫》詞意圖
劉旦宅作

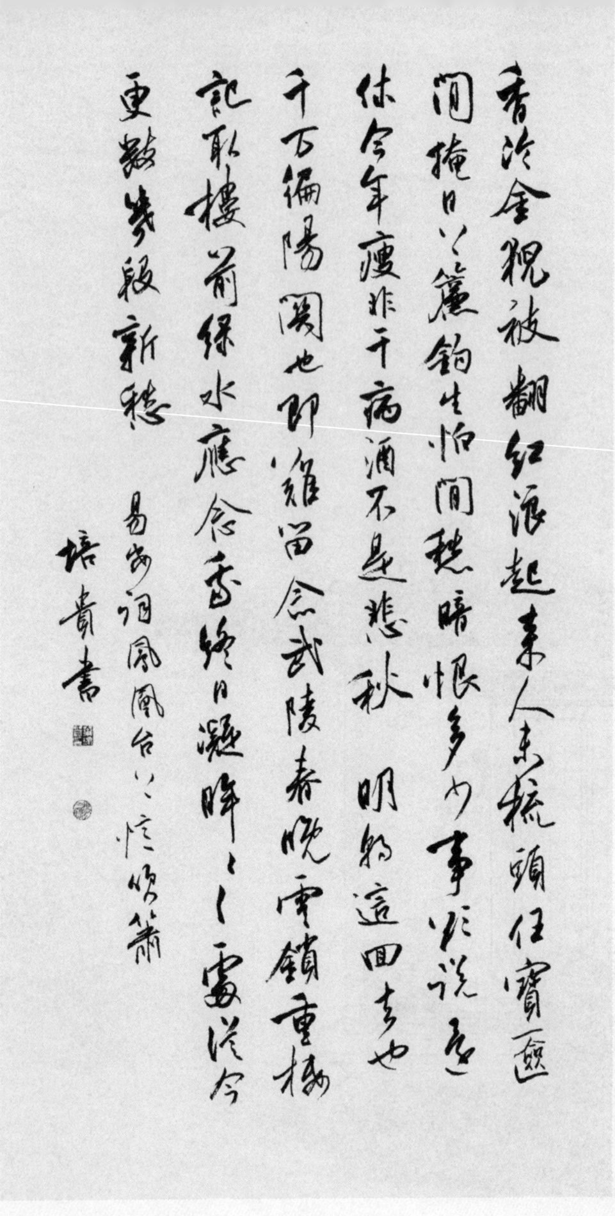
香冷金猊被翻紅浪起來人未梳頭任寶奩
閒掩日上簾鈎生怕閒愁暗恨多少事欲說還
休今年瘦非干病酒不是悲秋 明朝這回去也
千萬遍陽關也即難留念武陵春晚雲鎖重樓
記取樓前綠水應念我終日凝眸凝眸處從今
更數幾段新愁
易安詞鳳凰台上憶吹簫
培貴書

葉培貴 書

易安詞《鳳凰台上憶吹簫》
培貴書

一剪梅

李清照

紅藕香殘玉簟秋。輕解羅裳，獨上蘭舟。
雲中誰寄錦書來，雁字回時，月滿西樓。
花自飄零水自流。一種相思，兩處閑愁。
此情無計可消除，才下眉頭，卻上心頭。

紅藕：荷花。香殘：指荷花凋謝。
玉簟（diàn）秋：從竹蓆上感到了秋天的涼意。玉簟，華貴的竹蓆。
羅裳：絲綢製的衣服。錦書：書信的美稱。
雁字：雁群飛時，排成「一」字或「人」字，所以叫雁字。古代傳説，雁會捎帶書信，作者見雁就想到丈夫的書信。
西樓：這裏指閨閣，即思念者的居所。
一種相思：彼此牽掛的感情是一樣的。閑愁：指離別相思之愁。
才下眉頭，卻上心頭：皺眉剛剛舒展，心裏頭又惦念起來。

這首詞寫與丈夫別後，獨泛蘭舟，懷念遠人，盼望書信的情景，表達了真摯的難以排遣的相思之情。

一種相思

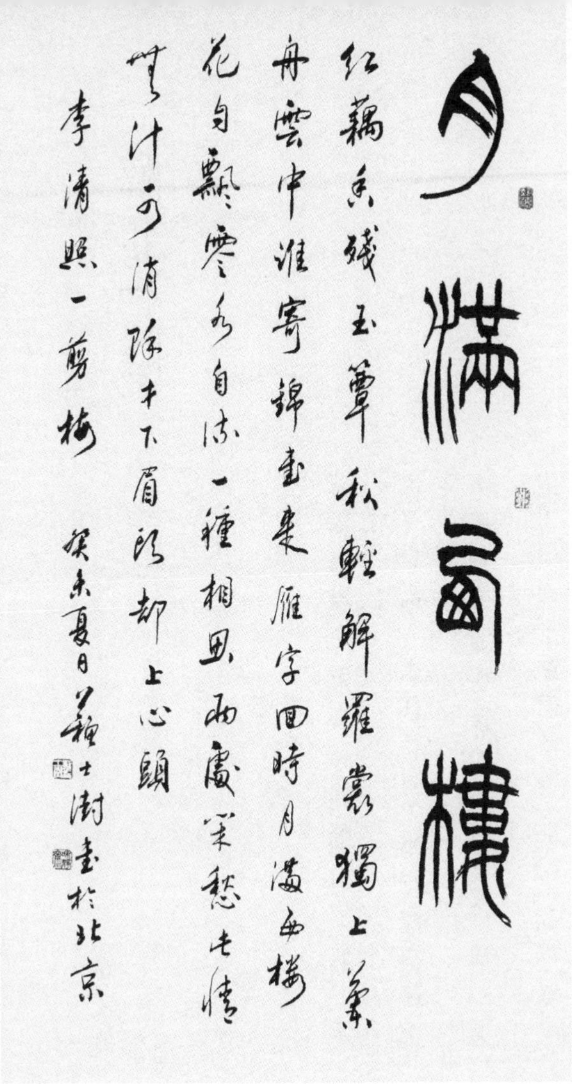
月滿西樓
紅藕香殘玉簟秋輕解羅裳獨上蘭
舟雲中誰寄錦書來雁字回時月滿西樓
花自飄零水自流一種相思兩處閒愁
此情無計可消除才下眉頭卻上心頭
李清照一剪梅
癸未夏日蘇士澍書於北京

蘇士澍 書

月滿西樓
李清照《一剪梅》
癸未夏日
蘇士澍書於北京

峽州汪國新

汪國新 繪

才女思詩圖
一九九八年十月十七日於北京
峽州汪國新

醉花陰

李清照

薄霧濃雲愁永晝，瑞腦銷金獸。佳節又重陽，玉枕紗廚，半夜涼初透。東籬把酒黃昏後，有暗香盈袖。莫道不消魂，簾捲西風，人比黃花瘦。

瑞腦：即瑞龍腦，香料。
金獸：獸形銅香爐。
玉枕：磁枕美稱。
紗廚：紗，櫥形紗帳。
消魂：魂將離體，形容離別的極度愁苦。江淹《別賦》有「黯然消魂者，惟別而已矣」之句。
簾捲西風：即西風捲簾。

這首詞寫作者獨居的痛苦心情，面對重陽佳節，更感寂寞無聊。

劉旦宅 繪

旦宅

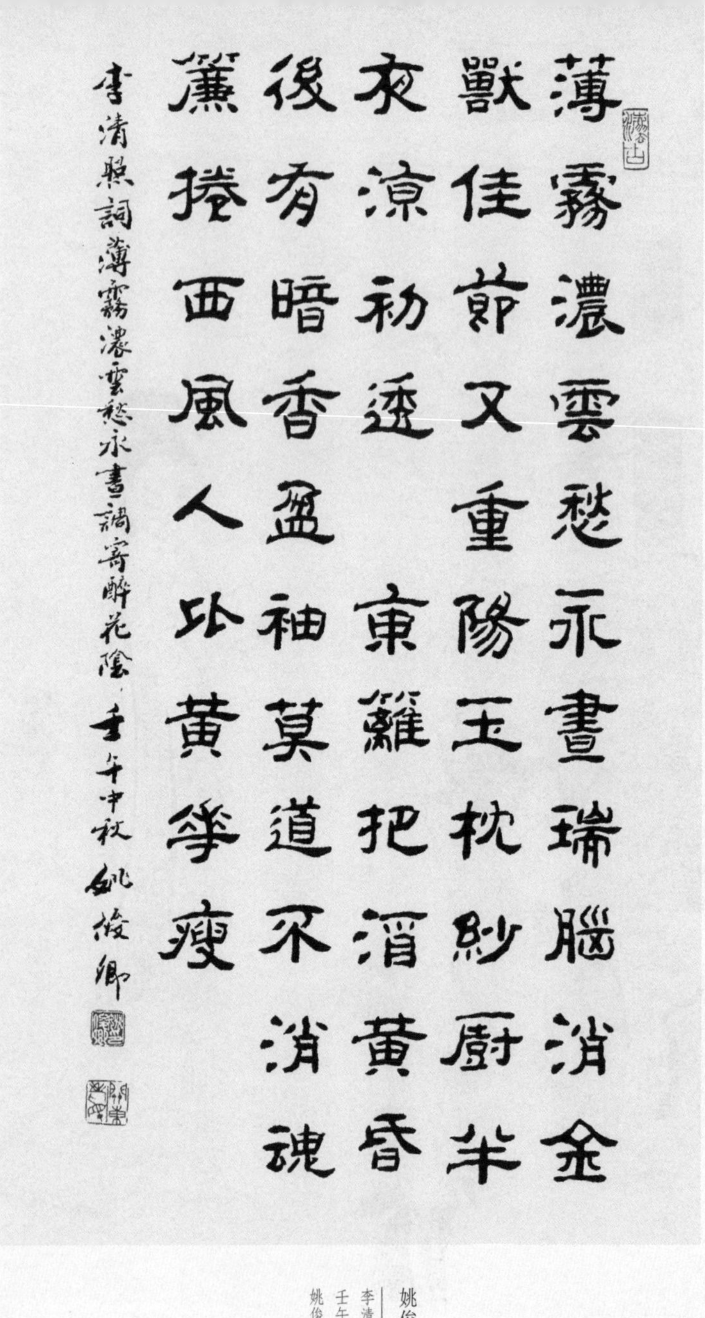
薄霧濃雲愁永晝瑞腦消金
獸佳節又重陽玉枕紗廚半
夜涼初透東籬把酒黃昏
後有暗香盈袖莫道不消魂
簾捲西風人比黃華瘦
李清照詞薄霧濃雲愁永晝調寄醉花陰
壬午中秋
姚俊卿

姚俊卿 書

李清照詞薄霧濃雲愁永晝調寄《醉花陰》
壬午中秋
姚俊卿

添字醜奴兒

李清照

窗前誰種芭蕉樹，陰滿中庭。陰滿中庭。葉葉心心，舒捲有餘情。
傷心枕上三更雨，點滴霖霪。點滴霖霪。愁損北人，不慣起來聽。

中庭：庭院中。
舒捲：指葉的舒展與蕉心的捲曲。
霖霪：霖、霪都是久雨的意思。這裏指雨聲不斷。
愁損：因憂愁而形容消損。
北人：李清照乃山東人，避難南來，故以北人自稱。

這首詞是李清照後期之作，充滿家國之思。芭蕉、霖霪，這些南國的景物，在國破家亡的北人李清照筆下，尤其傷感。「北人」，清代《歷代詩餘》等作「離人」，而論家以為，「北人」與前雨打芭蕉的南方景物正相對，能增異鄉之感；若作「離人」，那意與全無矣。

謝志高

清照詞

志高寫於戊寅

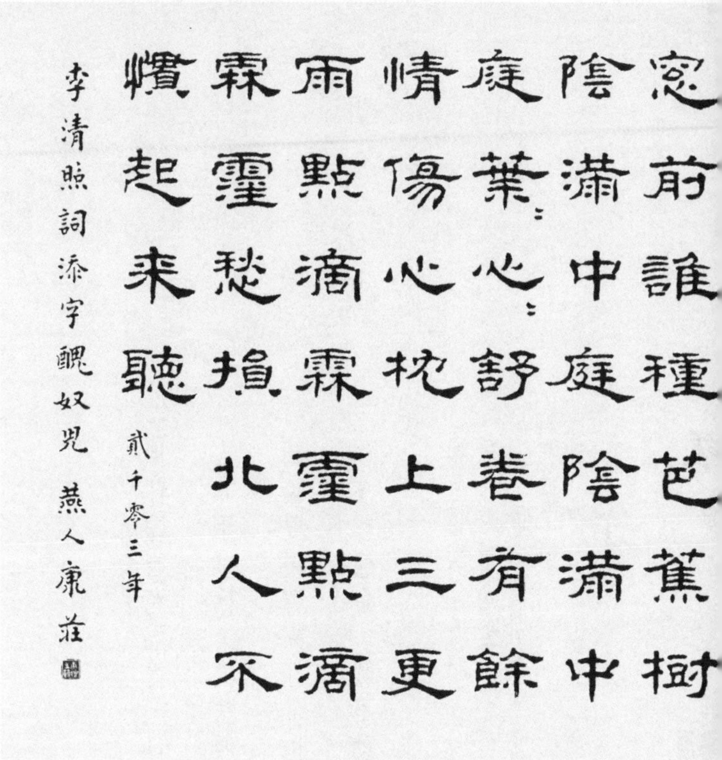
窗前誰種芭蕉樹
陰滿中庭陰滿中
庭葉=心=舒卷有餘
情傷心枕上三更
雨點滴霖霪點滴
霖霪愁損北人不
慣起來聽
貳千零三年
李清照詞添字醜奴兒 燕人康莊

康莊 書

貳千零三年李清照詞《添字醜奴兒》
燕人康莊

武陵春

李清照

春晚

風住塵香花已盡，日晚倦梳頭。物是人非事事休，欲語淚先流。聞說雙溪春尚好，也擬泛輕舟。只恐雙溪舴艋舟，載不動、許多愁。

塵香：言塵土中夾雜着落花的香氣。

物是人非：感歎家國的破滅和歲月的流逝。此詞作於紹興五年（一一三五），其時趙明誠已逝，作者避難金華，年已五旬，故有此歎。

雙溪：水名，在今浙江金華。

舴艋（zé mĕng）：小船。

這首詞是李清照後期之作，通過春暮心境的寂寥，表達了國破家亡給作者帶來的心靈創痛。詞最為人稱道的是對愁的描寫。古代寫愁的名句頗多，像李後主的「問君能有幾多愁，恰似一江春水向東流」、賀鑄的「試問閑愁都幾許？一川煙草，滿城飛絮，梅子黃時雨」、秦觀的「落紅萬點愁如海」。這裏作者自運機杼，一句「載不動、許多愁」，寫出了無質無形之愁讓人不堪重負，有極強的感染力。

廖松崗 繪

松崗

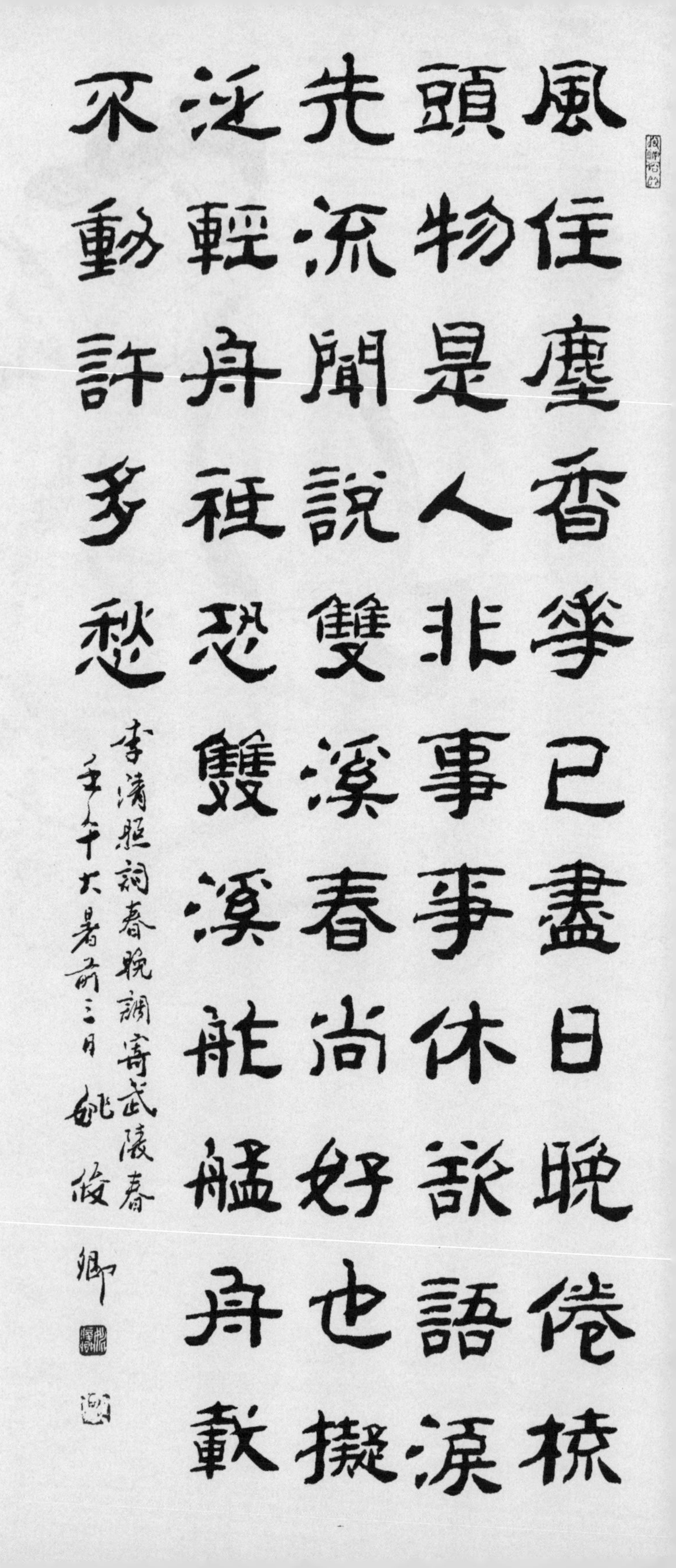
風住塵香花已盡日晚倦梳
頭物是人非事事休欲語淚
先流聞說雙溪春尚好也擬
泛輕舟祇恐雙溪舴艋舟載
不動許多愁
李清照詞春晚調寄武陵春
壬午大暑前三日
姚俊卿

姚俊卿 書

李清照詞春晚調寄
《武陵春》
壬午大暑前三日
姚俊卿

聲聲慢

李清照

尋尋覓覓，冷冷清清，悽悽慘慘戚戚。乍暖還寒時候，最難將息。三杯兩盞淡酒，怎敵他、晚來風急。雁過也，正傷心，卻是舊時相識。

滿地黃花堆積，憔悴損、如今有誰堪摘。守着窗兒，獨自怎生得黑。梧桐更兼細雨，到黃昏、點點滴滴。這次第，怎一個、愁字了得。

乍暖還寒：指深秋寒暖不定，天氣變化無常。

舊時相識：大雁秋天北來，詞人北人，故稱雁為舊時相識。

這首詞作於李清照晚年的一個深秋，大雁、黃花、梧桐、細雨，觸動着作者無盡的愁緒，逼出了「尋尋覓覓，冷冷清清，悽悽慘慘戚戚」這十四個疊字的連用，並使這在詞中極少見的手法，在此卻覺極自然。另本詞用極口語化的詞語入詞，押的又是險韻，一張一弛，顯示了作者在遣詞造句方面的過人之處。在造景方面，下闋前三句以憔悴、不堪摘寫花，其實人在花中，花亦是人，細思其意，尤其感人。

汪國新 繪

一九九八年十月十二日北京

西陵峽州空靈齋主楚人汪國新

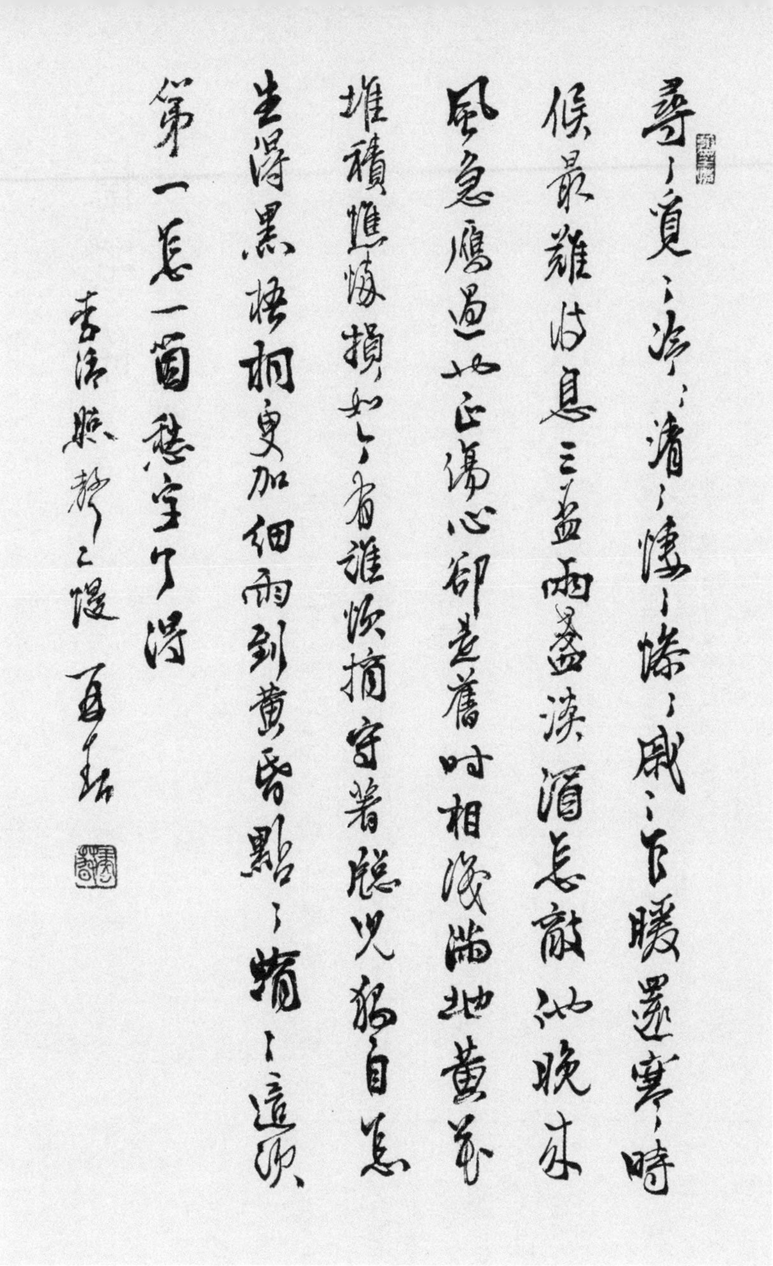
尋尋覓覓冷冷清清淒淒慘慘戚戚乍暖還寒時
候最難將息三盃兩盞淡酒怎敵他晚來
風急雁過也正傷心卻是舊時相識滿地黃花
堆積憔悴損如今有誰堪摘守著窗兒獨自怎
生得黑梧桐更加細雨到黃昏點點滴滴這次
第怎一箇愁字了得
李清照聲聲慢 再春書

楊再春 書

李清照《聲聲慢》
再春

憶王孫　春詞

李重元

萋萋芳草憶王孫，柳外樓高空斷魂。杜宇聲聲不忍聞。欲黃昏。雨打梨花深閉門。

「萋萋」句：《楚辭．招隱士》：「王孫遊兮不歸，春草生兮萋萋。」王孫，王的子孫。後用作對人的尊稱。

杜宇：即子規，其鳴聲如曰「不如歸去」。

這是一首閨情詞，寫暮春黃昏之際，女子獨倚危樓，盼行人歸來時的心境。前三句用萋萋芳草、柳、杜鵑幾個典型意象點明主題；後兩句雖由前人詩句化出，卻將女子自愛而又自憐的愁苦心理寫得格外深刻而含蓄。

苗重安　繪

重安

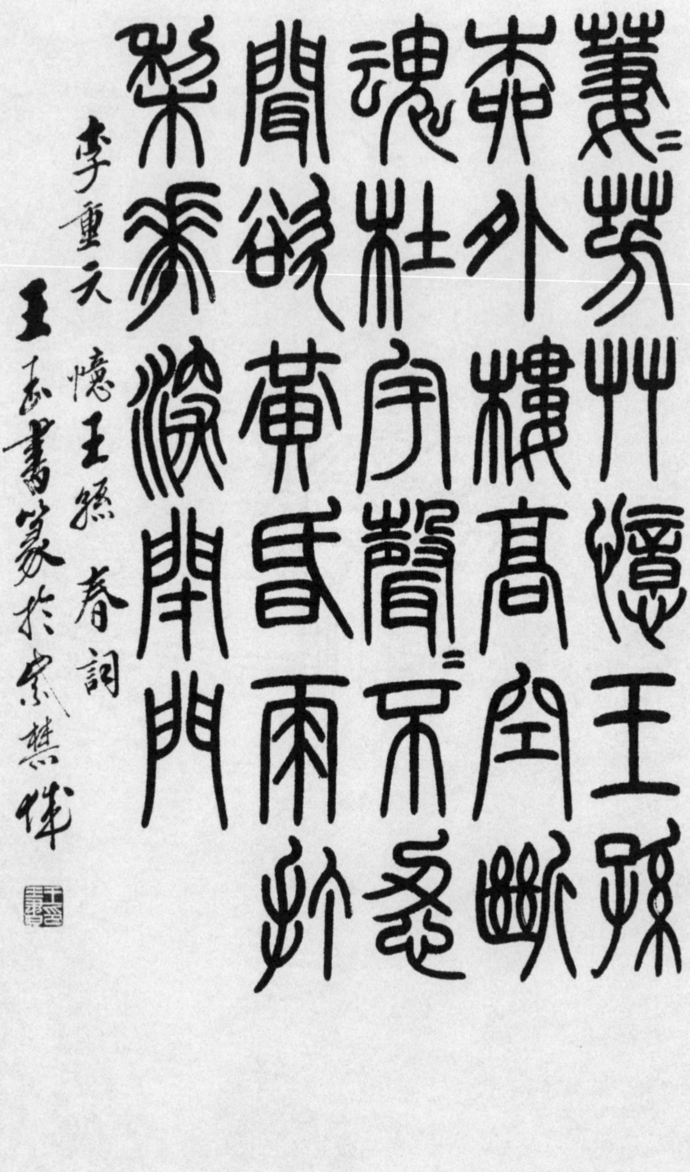

王玉書

李重元《憶王孫·春詞》

王玉書篆於紫禁城

臨江仙

陳與義

夜登小閣，憶洛中舊遊。

憶昔午橋橋上飲，坐中多是豪英。長溝流月去無聲。杏花疏影裏，吹笛到天明。二十餘年如一夢，此身雖在堪驚。閑登小閣看新晴。古今多少事，漁唱起三更。

洛中：指洛陽，北宋時為西京。
舊遊：曾遊之地和交遊之友。
午橋：橋名，在洛陽城南。
長溝：指河道。
流月：泛着月光的流水。
此身雖在：自己雖然還健在。
漁唱：漁夫的歌唱。

這首詞作於陳與義歷經磨難，終於到達高宗「行在」之後，充滿世事滄桑之感。詞上片追憶往昔良朋雅會的豪興，「杏花疏影裏，吹笛到天明」二句，自然天成，尤為後人激賞。下片表現作者飽歷戰亂後的消極心情，「此身雖在」四字，傳遞出無盡身歷危難的餘悸和對罹難友人的感懷。

陳與義臨江僊詞意圖 憶昔
午橋橋上飲 坐中多是豪英 長溝流月去無聲 杏花疏影裏 吹笛到天明 廿餘年
漁唱起三更

紀清遠

陳與義《臨江仙》詞意圖

癸未

清遠作

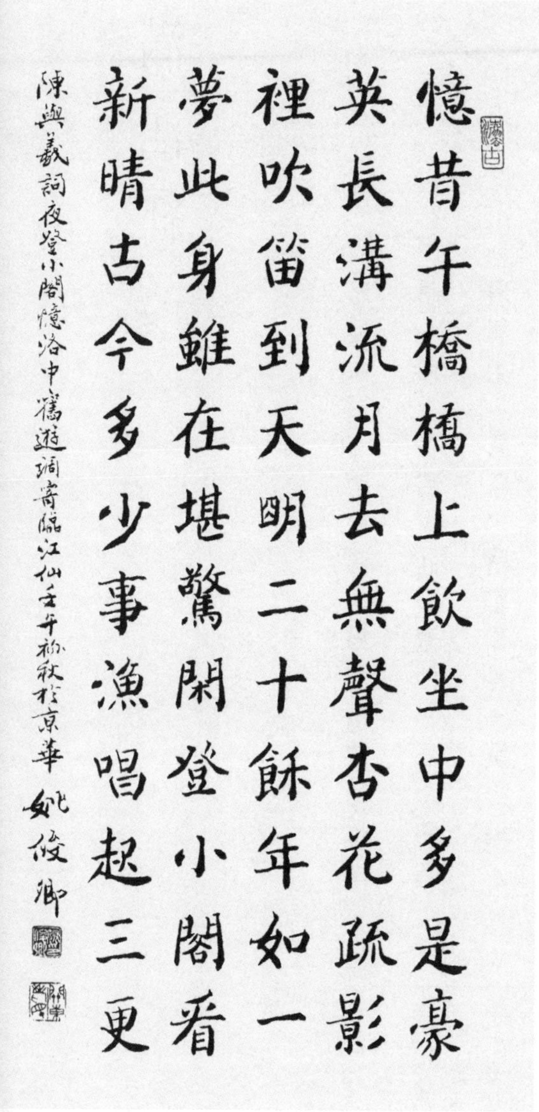
憶昔午橋橋上飲坐中多是豪
英長溝流月去無聲杏花疏影
裡吹笛到天明二十餘年如一
夢此身雖在堪驚閑登小閣看
新晴古今多少事漁唱起三更
陳與義詞夜登小閣憶洛中舊遊調寄臨江仙壬午初秋於京華
姚俊卿

姚俊卿

陳與義詞夜登小閣憶洛中舊遊調寄《臨江仙》

壬午初秋於京華

姚俊卿

滿江紅　寫懷

岳飛

怒髮衝冠，憑欄處、瀟瀟雨歇。抬望眼、仰天長嘯，壯懷激烈。三十功名塵與土，八千里路雲和月。莫等閑、白了少年頭，空悲切。

靖康恥，猶未雪。臣子恨，何時滅。駕長車踏破，賀蘭山缺。壯志飢餐胡虜肉，笑談渴飲匈奴血。待從頭、收拾舊山河，朝天闕。

這是一首傳誦千古的愛國主義名篇。詞以豪邁的語言，表達了誓收國土，統一中原的決心。慷慨激昂，千百年來打動了無數讀者的心。

怒髮衝冠：形容異常憤怒。《史記．廉頗藺相如列傳》：「卻立倚柱，怒髮上衝冠。」

憑欄處：倚着欄杆。

瀟瀟：風雨急驟的樣子。

歇：停止。

抬望眼：抬頭遙望。

嘯：撮口發出長而清越的聲音。古人常用長嘯來發洩胸中抑鬱不平之氣。

三十：指年齡的約數。

塵與土：指在風塵中的四處奔走。

雲和月：指披雲戴月。

等閑：隨便，輕易。

靖康恥：靖康元年（一一二六）金兵攻陷汴京，次年擄徽、欽二宗，故云「靖康恥」。

長車：此指戰車。

賀蘭山：在今寧夏與內蒙古交界處，此處代指金人所在地。

缺：指山口。

胡虜：對敵人之蔑稱。

匈奴：代指金人。

朝天闕：拜見皇帝。天闕，指帝王所居。

謝志高

岳飛詞戊寅春
志高寫於北京

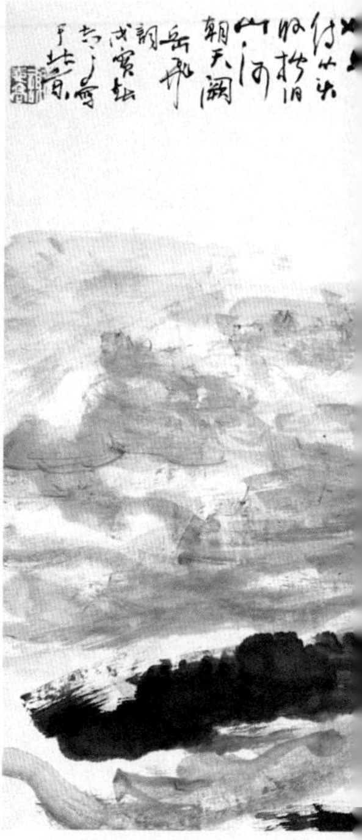

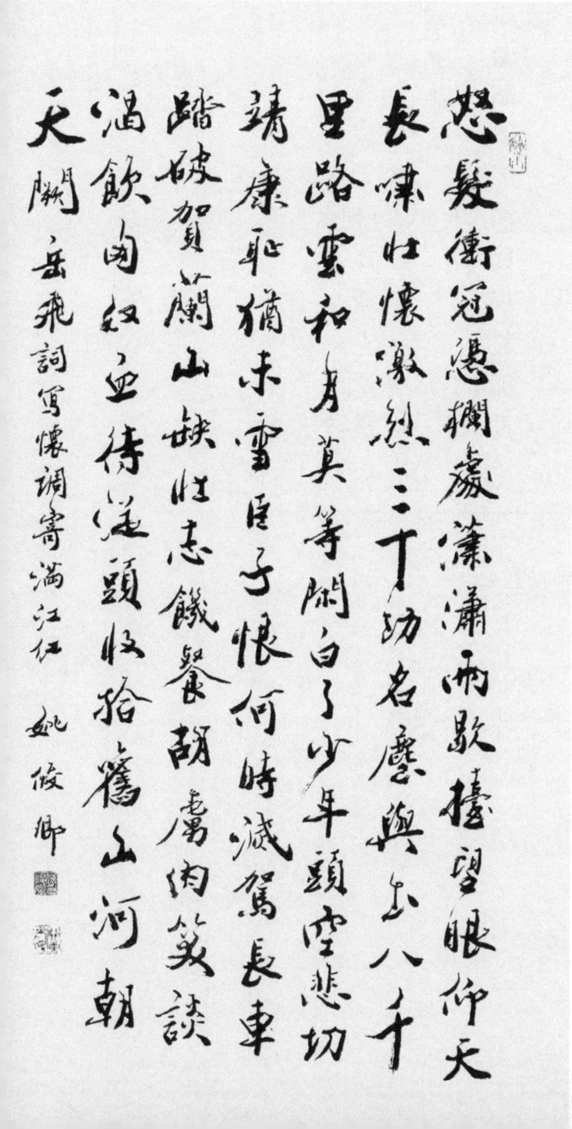
怒髮衝冠憑欄處瀟瀟雨歇擡望眼仰天
長嘯壯懷激烈三十功名塵與土八千
里路雲和月莫等閒白了少年頭空悲切
靖康恥猶未雪臣子恨何時滅駕長車
踏破賀蘭山缺壯志饑餐胡虜肉笑談
渴飲匈奴血待從頭收拾舊山河朝
天闕 岳飛詞寫懷調寄滿江紅 姚俊卿

姚俊卿

岳飛詞寫懷調寄《滿江紅》

姚俊卿

長相思 遊西湖

康與之

南高峰，北高峰，一片湖光煙靄中。春來愁殺儂。

郎意濃，妾意濃，油壁車輕郎馬驄。相逢九里松。

南高峰、北高峰：西湖著名山峰。

油壁車：一種小車，多為婦女所乘，因車壁以油塗飾，故名。此句化用古樂府《蘇小小歌》：「妾乘油壁車，郎騎青驄馬。」

九里松：在杭州葛嶺路。唐杭州刺史袁仁敬守杭日，植松於左右，各三行。

這是一首頗具民歌風味的抒寫男女之情的小詞，音韻用詞自然瀏亮，用筆著色平易疏淡，與晚唐五代及宋初詞風相近。

孫志卓

康與之《長相思》詞意
壬午仲秋
志卓製

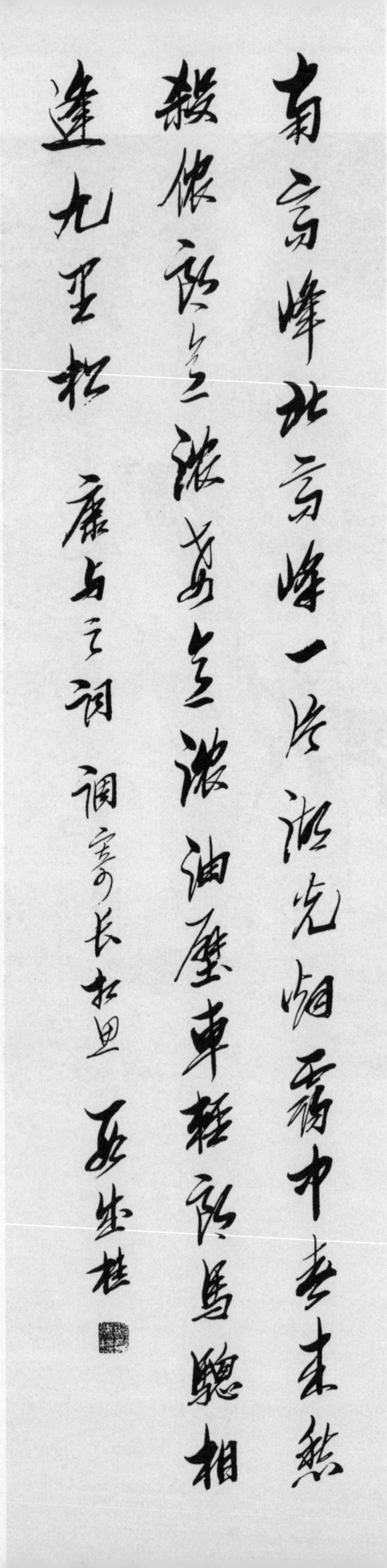

段成桂

康與之詞調寄《長相思》

段成桂

眼兒媚

朱淑真

遲遲春日弄輕柔，花徑暗香流。清明過了，不堪回首，雲鎖朱樓。

午窗睡起鶯聲巧，何處喚春愁。綠楊影裏，海棠亭畔，紅杏梢頭。

遲遲：指春日白晝漸長。
弄輕柔：言花柳在春風中盪漾。
鎖：形容雲霧繚繞。
朱樓：華美的樓閣，指女主人公的居所。

朱淑真是與李清照聲名相仿的宋代又一位女詞人，其成就雖較李清照遠遜，但其寫閨閣之感的詞作，筆觸輕柔，語言婉麗，形象生動，自有其獨特的藝術魅力。《眼兒媚》詞即是其代表作之一。詞寫閨中女子的春愁，卻不點明愁為哪般，但從上片的「不堪回首」和下片的「綠楊影裏，海棠亭畔，紅杏梢頭」，我們彷彿看見了女主人公往日與愛人嬉戲花間柳徑的身影和如今獨守危樓的孤寂，構思甚是巧妙。

高向陽 繪

——朱淑真《眼兒媚》詞意

向陽

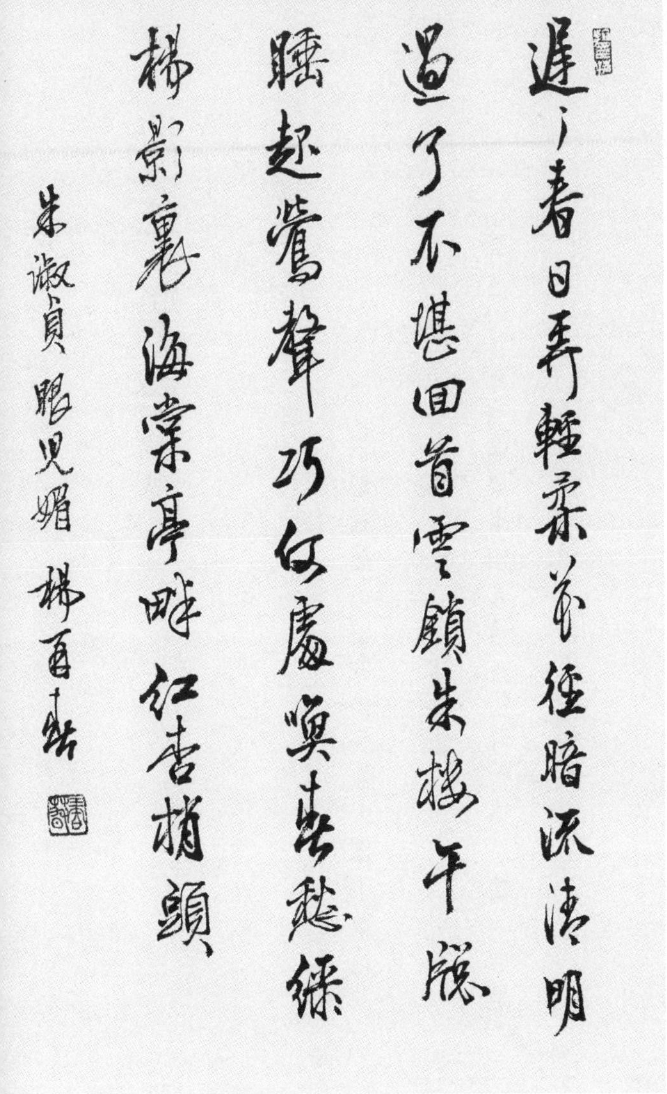

楊再春 書

朱淑貞〔真〕《眼兒媚》

楊再春

清平樂 夏日遊湖

朱淑真

惱煙撩露，留我須臾住。攜手藕花湖

上路，一霎黃梅細雨。

嬌癡不怕人猜，隨群暫遣愁懷。最是

分攜時候，歸來懶傍妝台。

藕花：即荷花。

「一霎」句：言落雨時間甚短。

嬌癡：天真而似不解事。元稹《六年春遣懷》：「嬌癡稚女繞床行。」

分攜：分手。

這首詞寫一位少女與情郎湖
上約會，歸來倦懶梳妝的情
態，感情表露大膽而直率。
相傳朱淑真婚姻不幸，至慍
鬱而終，此詞或寄託了詞人
理想，也未可知。

孫志卓 繪

——朱淑真《清平樂·夏日遊湖》詞意

壬午歲

志卓製

手藕花湖上路　細雨　暫遣愁懷　最是分攜　歸來懶傍妝臺

惱煙撩露留我須臾佳攜

嬌痴不怕人猜隨群

朱淑貞詞　清平樂　夏日遊湖

癸未年荷月　鄧德忠於知不知齋書

鄒德忠
朱淑貞（真）詞《清平樂·夏日遊湖》
癸未年荷月
鄒德忠於知不知齋書

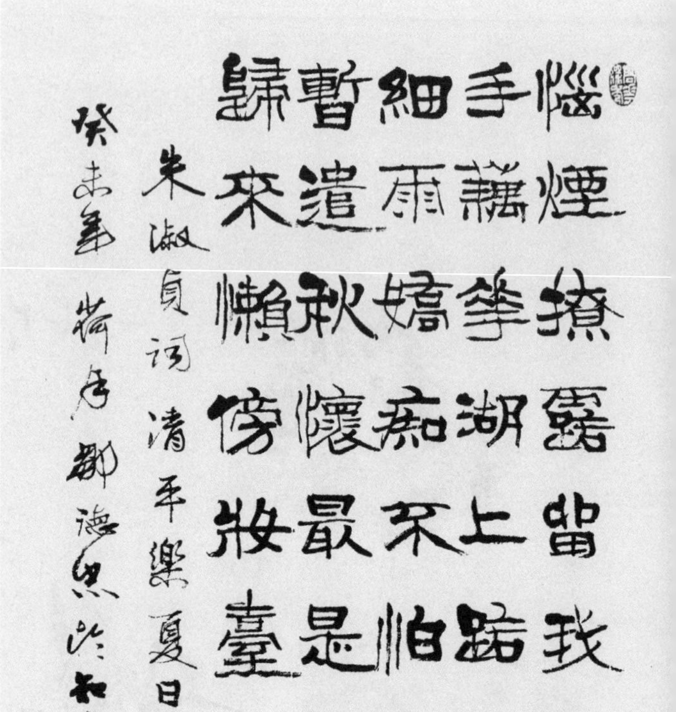

鷓鴣天

陸游

懶向青門學種瓜，只將漁釣送年華。
雙雙新燕飛春岸，片片輕鷗落晚沙。
歌縹渺，櫓嘔啞。酒如清露鮓如花。
逢人問道歸何處，笑指船兒此是家。

青門：漢代長安城的東南門，本名霸城門，因城門色青，又稱青門。
種瓜：邵平原為秦東陵侯，秦亡，淪為平民，無以為生，遂在長安城青門外種瓜，瓜美，人稱「東陵瓜」。
送年華：猶言打發歲月。歌縹（piāo）渺：言漁歌若隱若現。
嘔啞：像划船時櫓發出的聲音。鮓（zhǎ）：用鹽和紅油等醃製的魚。

《鷓鴣天》詞作於陸游被罷職退居鏡湖三山之時。詞人用疏朗之筆描繪了鏡湖邊飛鳥出沒的自然美景，和作者漁歌相應詩酒自娛的閑居生涯，表現了作者豪邁樂觀的性情。當然，以作者「上馬擊狂胡，下馬草軍書」的才能與志向，以山河破碎的現實狀況，詞中「笑指船兒此是家」的「笑」是否帶着幾許苦澀，應是不言自明的。

懶向青门學種瓜只將漁釣送年華雙雙新燕飛春岸片片輕鷗落晚沙歌縹緲艣嘔啞酒如清露鮓如花逢人問道歸何处笑指船儿此是家
陸游詞意
癸未
畫於津門

懶向青門學種瓜，只將漁釣送年華。雙雙新燕飛春岸，片片輕鷗落晚沙。

歌縹緲，櫓嘔啞，酒如清露鮓如花。人間萬事消磨盡，只有清香似舊時。

陸游詞調寄《鷓鴣天》

夏生桂

段成桂

陸游詞調寄《鷓鴣天》
段成桂

杜滋齡

陸游詞意
癸未滋齡畫於津門

釵頭鳳

陸游

紅酥手，黃縢酒，滿城春色宮牆柳。
東風惡，歡情薄。一懷愁緒，幾年離
索。錯錯錯。
春如舊，人空瘦，淚痕紅浥鮫綃透。
桃花落，閑池閣。山盟雖在，錦書難
託。莫莫莫。

紅酥手：言女子之手紅潤如酥。酥，酥油。這裏形容皮膚的滋潤細膩。
黃縢酒：即黃封酒，以黃紙封口的官釀酒。宮牆：圍牆。
東風：春風。這裏指陸游之母。陸游與其前妻唐婉兩情相悅，然唐婉不得陸母歡心，兩人被迫離異。離索：「離群索居」的省稱。這裏指離散。

相傳陸游原娶舅舅唐閎之女唐婉為妻，夫妻甚是相得。然陸母不喜唐氏，二人被迫離異，唐氏改嫁。若干年後，一次春遊，陸唐偶遇於禹跡寺南之沈園（在今浙江紹興），唐氏遣人送酒餚致意。陸游「悵然久之」，遂題此詞於園壁。詞撫今憶昔，痛切地表現了愛情遭到破壞的怨憤與無奈，詞切情深，至今傳佈人口。

紅：指淚水因沾染胭脂而變紅。浥（yì）：沾濕。
鮫綃：傳説中鮫人所織絹紗，這裏指手帕。
山盟：指愛情誓言。古人盟約，多指山河為誓，故稱。
錦書：前秦竇滔妻蘇氏曾織錦為迴文詩贈其夫，後遂以錦書稱夫妻間表達愛情的書信。
莫：猶「罷」。司空圖《耐辱居士歌》：「休休休，莫莫莫。」

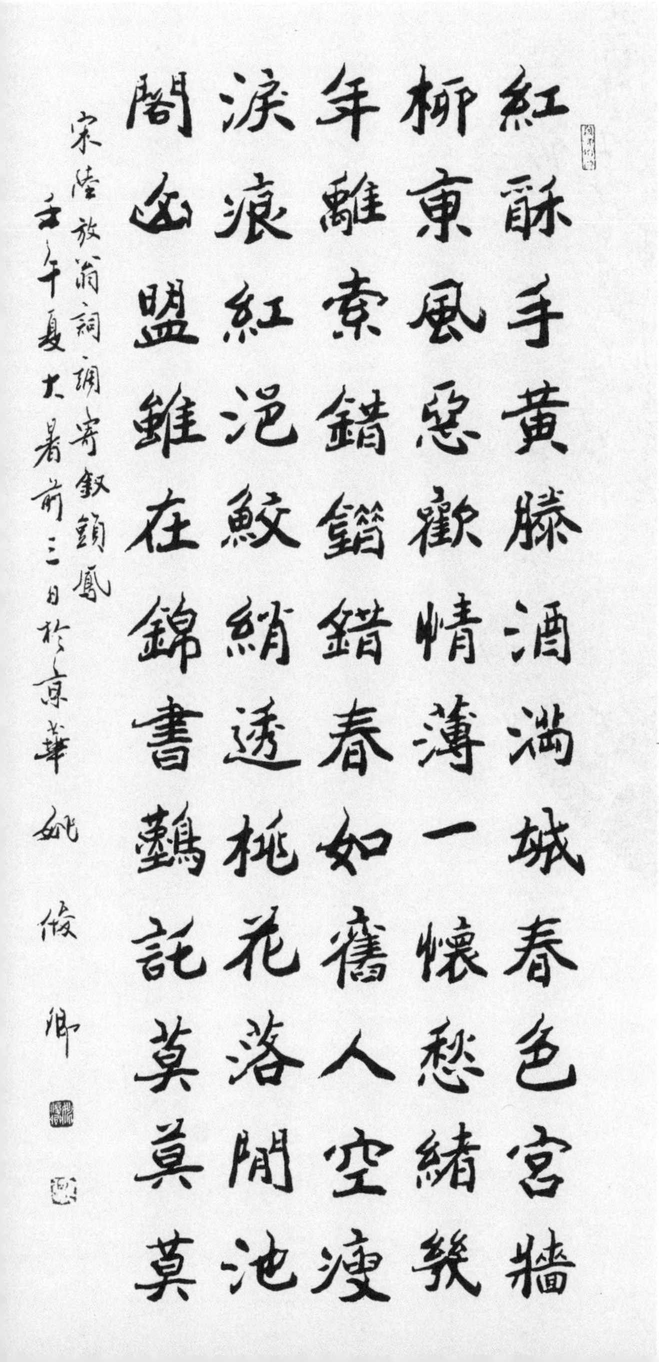
紅酥手黃縢酒滿城春色宮牆
柳東風惡歡情薄一懷愁緒幾
年離索錯錯錯春如舊人空瘦
淚痕紅浥鮫綃透桃花落閒池
閣山盟雖在錦書難託莫莫莫
宋陸放翁詞調寄釵頭鳳
壬午夏大暑前三日於京華姚俊卿

姚俊卿 書

宋陸放翁詞調寄《釵頭鳳》
壬午夏大暑前三日於京華
姚俊卿

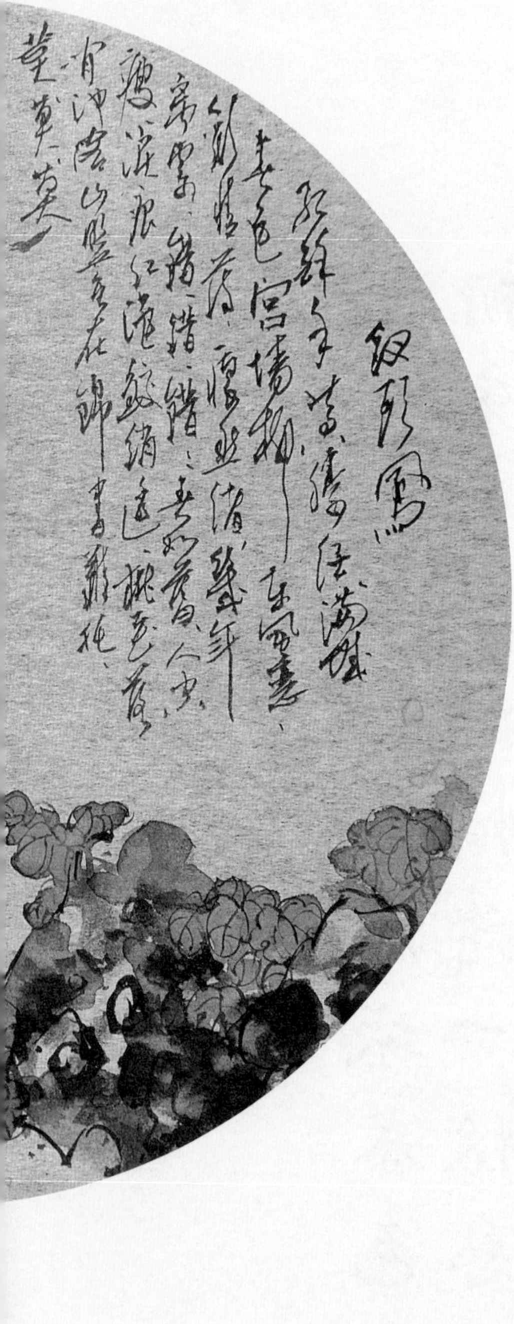

汪國新

汪國新

卜算子 詠梅

陸游

驛外斷橋邊，寂寞開無主。已是黃昏獨自愁，更著風和雨。

無意苦爭春，一任群芳妒。零落成泥碾作塵，只有香如故。

驛：古代大路上的交通站。
更著：又加上，又遭到。
爭春：與百花在春風中爭芳鬥豔。
群芳：百花。
妒：妒嫉。
碾：被車輪軋碎。
作塵：變成塵土。
如故：同以前一樣。

歷來詠梅的詩詞多不勝數，但賦予梅花如此高標的，卻以陸游的這首《卜算子》為最。在陸游筆下，梅花不是一位絕俗的美人，而是一位錚錚鐵骨的丈夫，他孤傲、寂寞、堅韌，不為任何外力而改變。作者正是借寫梅花堅決不配合的態度，表達作者與污濁現實戰鬥到底的決心。

驛外斷橋邊寂寞開無主已是黃昏獨自愁更著風和雨無意苦爭春一任群芳妒零落成泥碾作塵只有香如故
陸放翁咏梅詞意歲次壬午仲秋圖此
向陽

高向陽 繪

陸放翁《詠梅》詞意

歲次壬午仲秋圖此

向陽

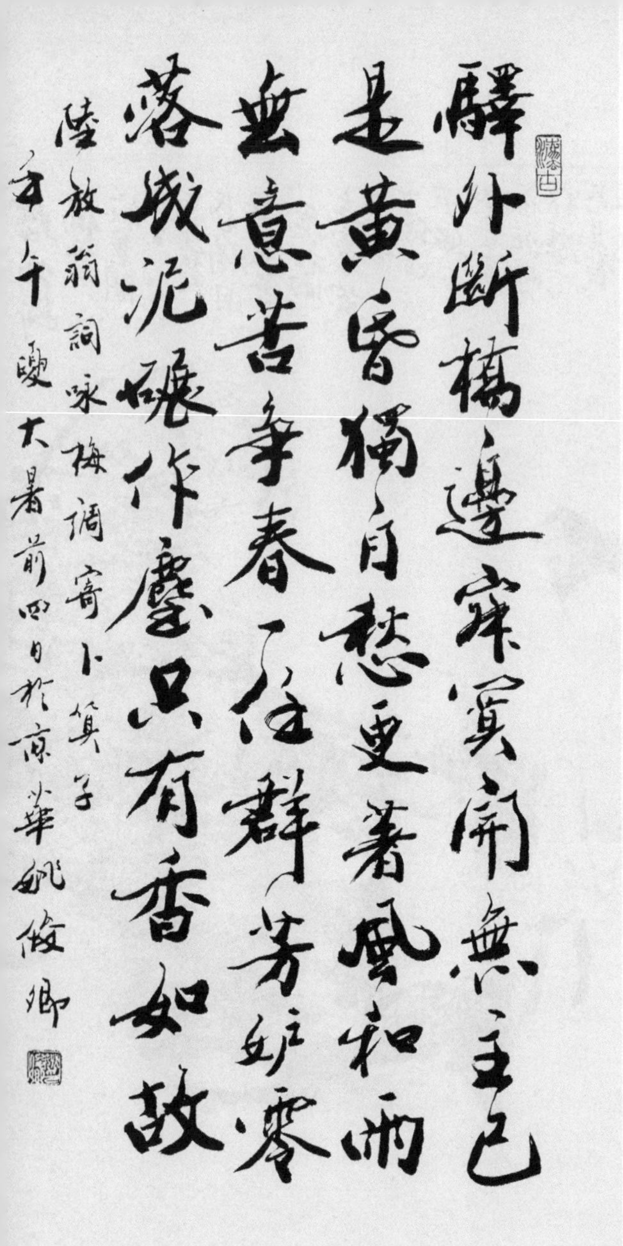
驛外斷橋邊寂寞開無主已
是黃昏獨自愁更著風和雨
無意苦爭春一任群芳妒零
落成泥碾作塵只有香如故
陸放翁詞詠梅調寄卜算子
壬午夏大暑前四日於京華姚俊卿

姚俊卿 書

陸放翁詞詠梅調寄《卜算子》
壬午夏大暑前四日於京華
姚俊卿

訴衷情

陸游

當年萬里覓封侯，匹馬戍梁州。關河夢斷何處，塵暗舊貂裘。

胡未滅，鬢先秋，淚空流。此生誰料，心在天山，身老滄洲。

覓封侯：指為抗金建功立業。梁州：在今陝西漢中一帶。

關河：關塞與河防，指邊塞險要地方。

塵暗舊貂裘：當年從軍所穿的貂皮製作的軍裝已經積滿了灰塵，意謂再也不能從軍建功立業了。

鬢先秋：鬢髮早已像秋霜那樣白了，形容年紀漸老。

天山：在今新疆境內，泛指前線。

滄洲：水濱，古時隱士所居。詩人晚年住在浙江紹興鑒湖邊上。

這首詞通過今昔對比，表達了詩人壯志未酬、報國無門、心有餘而力不足的悲憤之情。

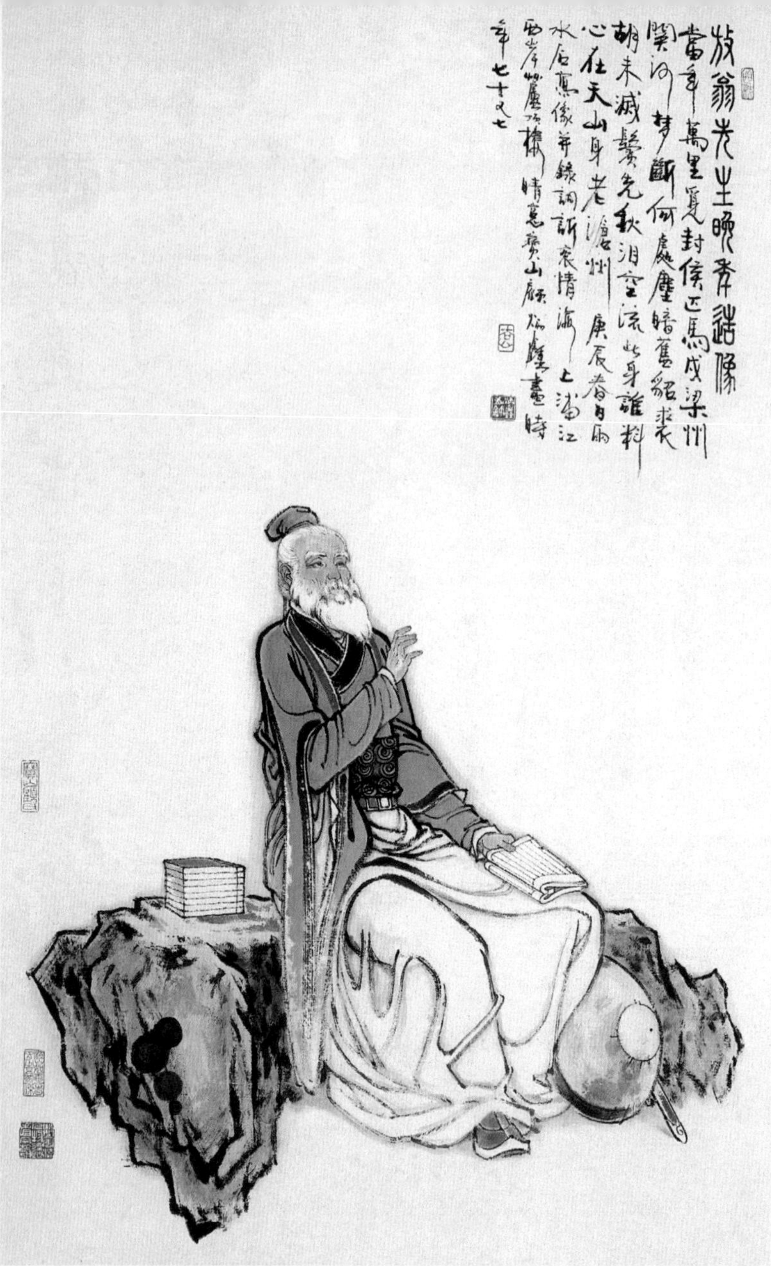
放翁先生晚年造像
當年萬里覓封侯匹馬戍梁州
關河夢斷何處塵暗舊貂裘
胡未滅鬢先秋淚空流此身誰料
心在天山身老滄州 庚辰春日雨
水后寫像并錄詞訴衷情 上海浦江
西岸蘆頂樓 晴窗寶山顧炳鑫畫時
年七十又七

顧炳鑫 繪

放翁先生晚年造像

庚辰春日雨水後寫像並錄詞《訴衷情》

海上浦江西岸蘆頂樓晴窗寶山顧炳鑫畫

時年七十又七

沈鵬

陸游《訴衷情》
癸未春日
沈鵬書

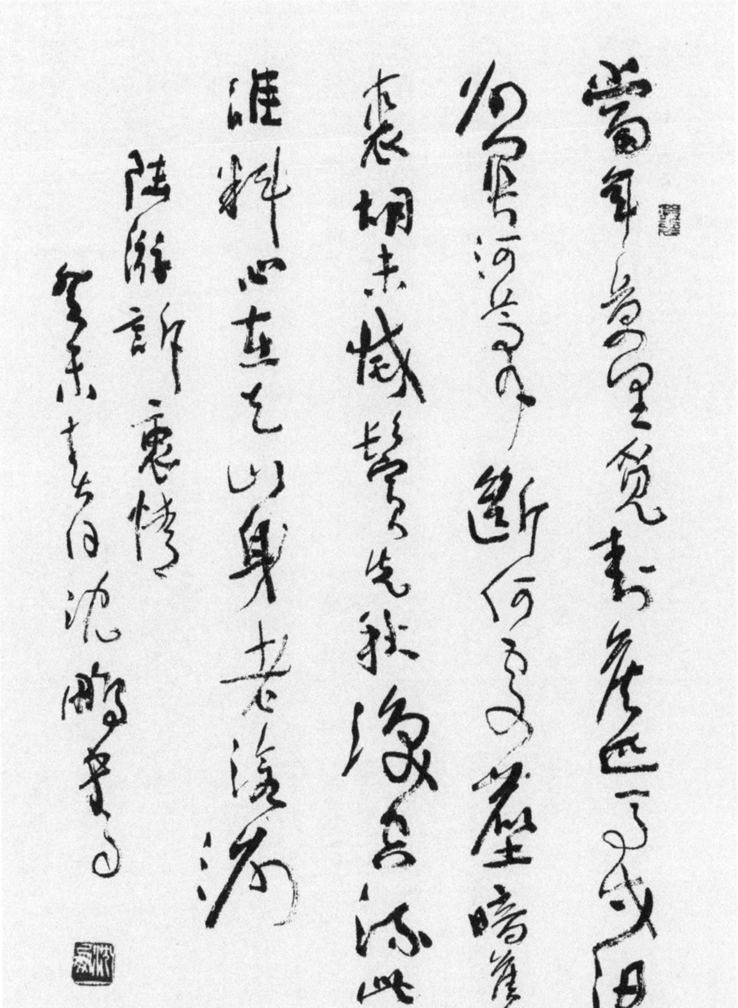

浣溪沙

范成大

江村道中

十里西疇熟稻香，槿花籬落竹絲長。
垂垂山果掛青黃。
濃霧知秋晨氣潤，薄雲遮日午陰涼。
不須飛蓋護戎裝。

疇：田地。
槿花：木槿之花。木槿為落葉喬木，夏秋開花，或白或紅，可供觀賞，亦可兼作綠籬。
青黃：謂山果或生或熟，青黃不一。

這首《浣溪沙》作於詞人秋日公出，行經江村的途中。
上片寫途中所見，下片寫涼爽天氣給人的快感，語言通俗，色彩明快，充滿生活氣息。清人陳廷焯說：「石湖詞章節最婉轉，讀稼軒詞後讀石湖詞，令人心平氣和。」

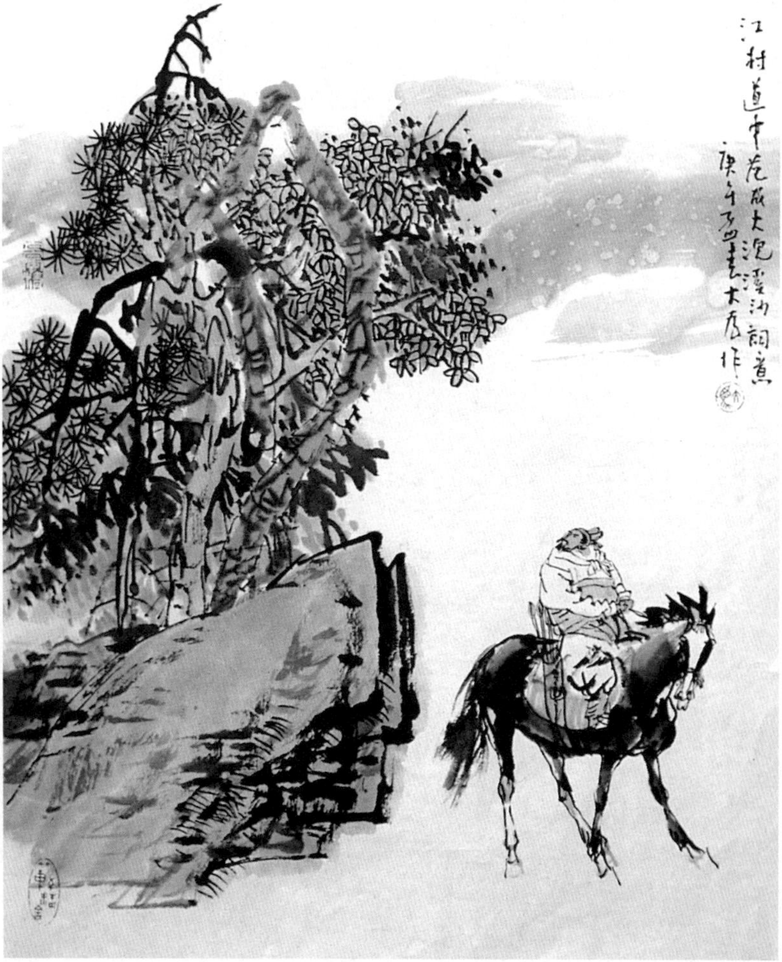
江村道中范成大浣溪沙詞意
庚午孟春大為作

劉大為

江村道中 范成大《浣溪沙》詞意
庚午孟春
大為作

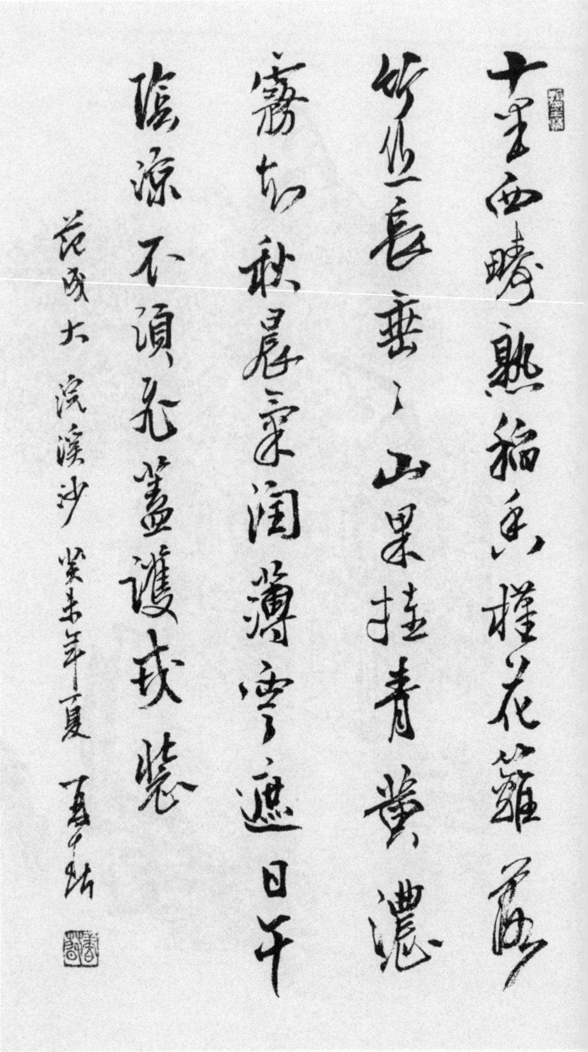
十里西疇熟稻香槿花籬落
竹絲長垂垂山果挂青黃濃
霧知秋晨氣潤薄雲遮日午
陰涼不須飛蓋護戎裝
范成大浣溪沙 癸未年夏 再春書

楊再春

范成大《浣溪沙》
癸未年夏
再春

昭君怨

楊萬里

賦松上鷗

晚飲誠齋，忽有一鷗來泊松上，已而復去，感而賦之。

偶聽松梢撲鹿，知是沙鷗來宿。
稚子莫喧嘩，恐驚他。
俄頃忽然飛去，飛去不知何處。
我已乞歸休，報沙鷗。

誠齋：楊萬里書齋名，故學者又稱其為誠齋先生。
撲鹿：象聲詞，拍翅聲。
報沙鷗：《列子．黃帝》言，海上有人喜與鷗鳥戲，鷗鳥親之。一日其父曰：「吾聞鷗鳥皆從汝遊，汝取來吾玩之。」第二天他再到海上，鷗鳥皆「舞而不下」，不與之相戲。這裏作者用此典表示自己已完全消除了機心，不願再混跡官場。

這首《昭君怨》作於楊萬里晚年辭官歸隱以後。名為賦鷗，實為言志，借言可與沙鷗為友，表達自己絕意官場，甘心終老泉林的志願。小詞活潑生動，清新可喜，富於意趣。

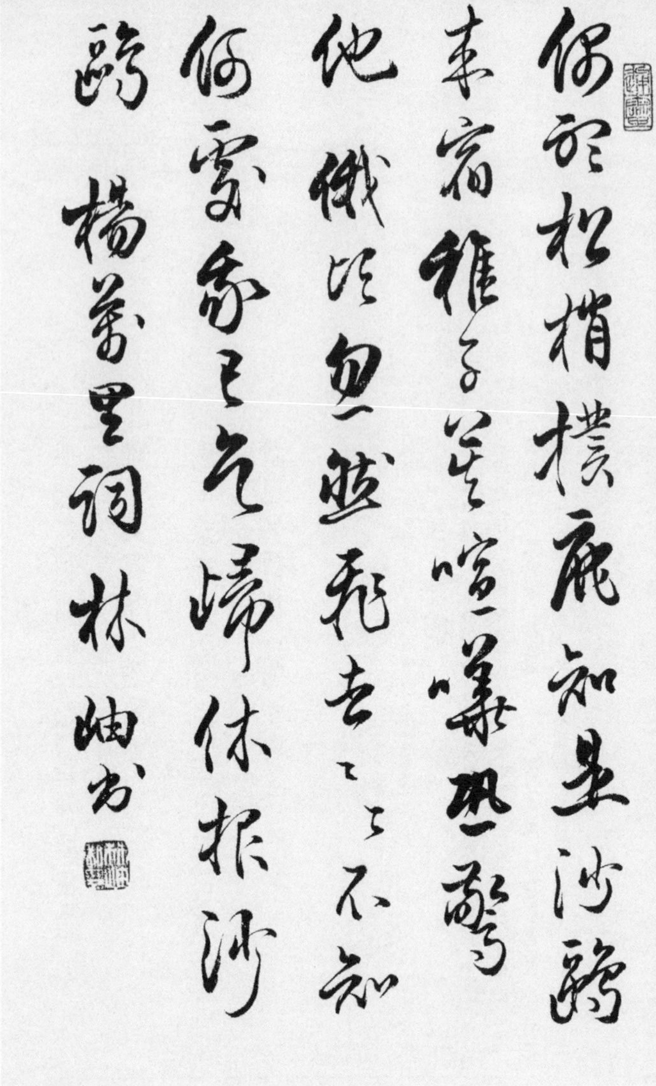
偶聽松梢撲鹿知是沙鷗
來宿稚子莫喧嘩恐驚
他俄頃忽然飛去去不知
何處我已乞歸休報沙
鷗楊萬里詞林岫書

林岫 書

楊萬里詞　林岫書

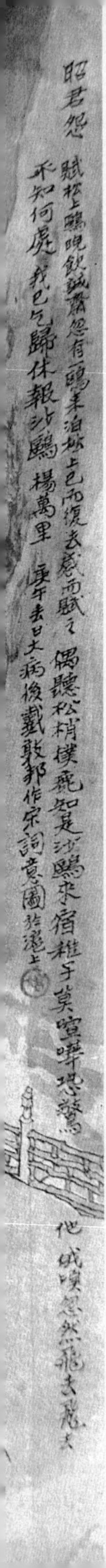
昭君怨　賦松上鷗晚飲誠齋忽有一鷗來泊松上已而復去感而賦之　偶聽松梢撲鹿知是沙鷗來宿稚子莫喧嘩恐驚
他　俄頃忽然飛去飛去
不知何處我已乞歸休報沙鷗　楊萬里　庚午春日大病後戴敦邦作宋詞意圖於滬上

戴敦邦 繪

楊萬里

庚午春日大病後

戴敦邦作宋詞意圖於滬上

卜算子

嚴蕊

不是愛風塵，似被前身誤。花落花開自有時，總是東君主。
去也終須去，住也如何住。若得山花插滿頭，莫問奴歸處。

東君：春神。這裏指官家。

這首詞通過自身的經歷，反映了封建社會妓女的不幸，委婉地表達了作者脫離苦海的願望。而嚴蕊之俠名也隨同這首詞傳佈人口，流於後世。

若得山花插滿頭莫問奴歸處
嚴蕊卜算子詞意
癸未歲夏月作於京華 陳謀

陳謀

嚴蕊《卜算子》詞意
癸未歲夏月作於京華
陳謀

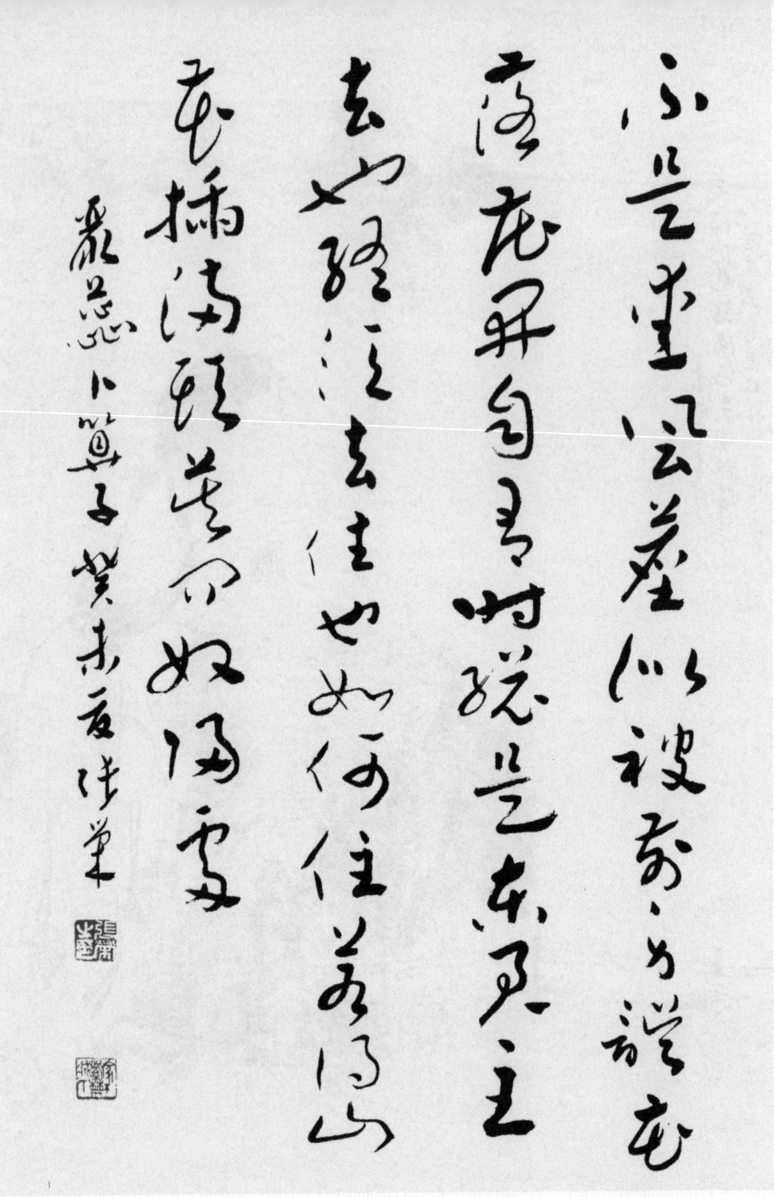

張榮 書

嚴蕊《卜算子》
癸未夏
張榮

西江月

張孝祥

問訊湖邊春色，重來又是三年。東風
吹我過湖船，楊柳絲絲拂面。
世路如今已慣，此心到處悠然。寒光
亭下水如天，飛起沙鷗一片。

張孝祥詞與蘇軾詞風相近，被同時代人視為蘇軾之「繼軌者」。這首《西江月》雖只是抒寫閱盡世事人情後的一種較為消極的厭世心態，但因寫景敘事，落盡繁飾，仍給人以大筆粗線，氣勢不凡的感覺。

問訊湖邊春
色重來又
是三年
東風吹我
過湖船
楊柳絲絲
拂面
世路如今已
慣此心到
處悠然
寒光亭下
水如天
飛起沙鷗
一片

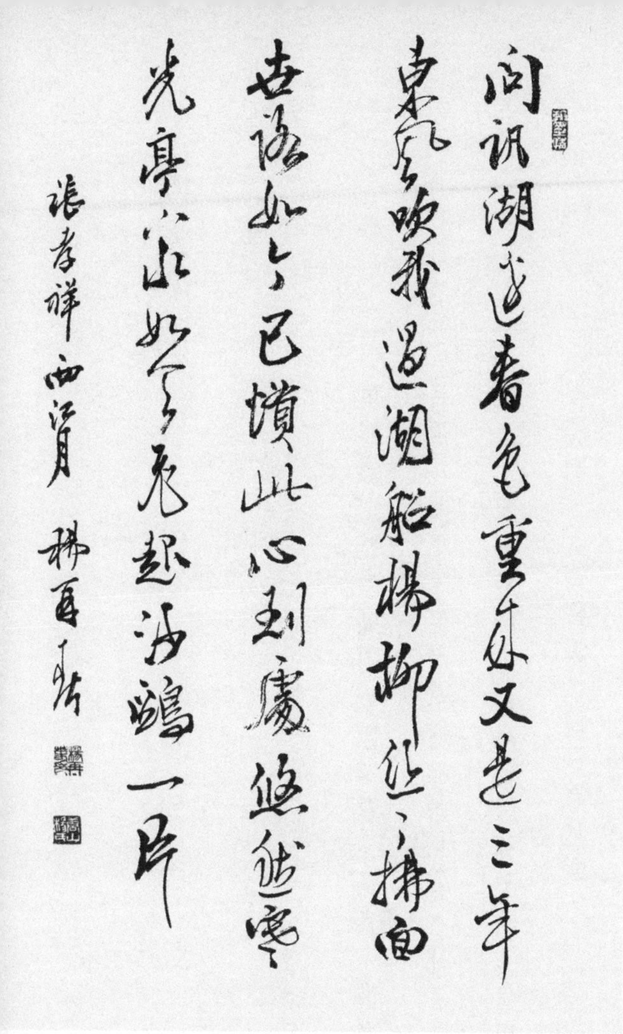

楊再春 書

張孝祥《西江月》
楊再春

王同仁 繪

張孝祥《西江月》
壬午夏　同仁
湖邊春色
壬午之夏　同仁

摸魚兒

辛棄疾

淳熙己亥，自湖北漕移湖南，同官王正之置酒小山亭，為賦。

更能消、幾番風雨，匆匆春又歸去。惜春長恨花開早，何況落紅無數。春且住。見說道、天涯芳草迷歸路。怨春不語。算只有殷勤，畫簷蛛網，盡日惹飛絮。
長門事，準擬佳期又誤。蛾眉曾有人妒。千金縱買相如賦，脈脈此情誰訴。君莫舞。君不見、玉環飛燕皆塵土。閑愁最苦。休去倚危樓，斜陽正在，煙柳斷腸處。

這首《摸魚兒》作於作者從湖北移官湖南時，其成功之處是以健筆寫柔情和比興手法的使用。詞表面上是寫一位失意女子的傷春之情，實則是託物言志，借景抒情，以男女喻君臣，通過對這位女子的傷春和失意之情的抒發，表達詞人的一片憂國之心和自己報國之志不能得到實現的憤懣。詞的上片寫暮春之景，通過對雨橫風斜、落紅無數殘春之景的描寫和惜春、怨春之情的抒發，表達了詞人對南宋危亡局勢的漕：本指水道運糧。這裏是轉運使的簡稱。

見説道：聽説。

長門：漢代宮名。漢武帝時，皇后陳阿嬌失寵後住在長門宮。傳説她曾送黃金百斤給司馬相如，請他代寫一篇賦送給漢武帝，希望重新得寵。後世遂以「長門」借指失寵后妃居處。

蛾眉：女子長而美的眉毛，這裏借指美人。

玉環：唐玄宗寵倖的貴妃楊玉環，安史之亂時被賜死馬嵬坡。

飛燕：漢成帝時的皇后趙飛燕，很得寵。哀帝時為皇太后，哀帝死後被廢，即自殺。

深刻擔憂。詞的下片寫人，以陳皇后失寵等典故，抒發詞人身遭排擠、嫉恨，理想無以實現的愁苦，言語之中也蘊涵着對當時統治者的不滿，以至於當朝皇帝讀了這首詞之後頗為不悦。這首詞用意深婉，通篇比興，感情濃烈真摯。

汪國新 繪

九九年十月十三日北京
楚人汪國新

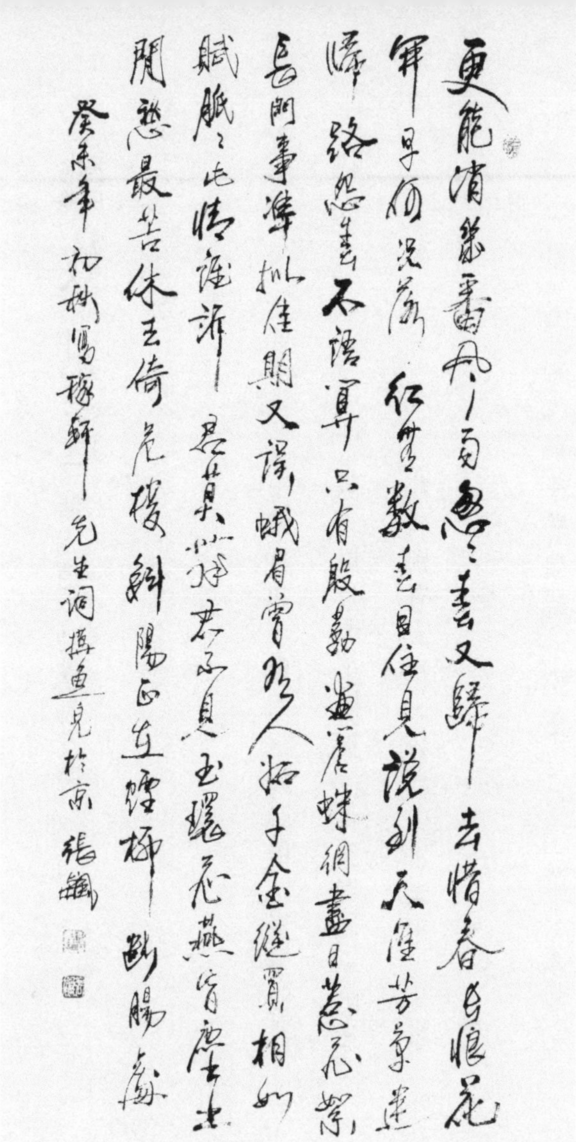

張飆

癸未年初秋寫稼軒先生詞
《摸魚兒》於京
張飆

醜奴兒近

博山道中效李易安體

辛棄疾

千峰雲起，驟雨一霎時價。更遠樹斜陽，風景怎生圖畫。青旗賣酒，山那畔、別有人家，只消山水光中，無事過這一夏。

午醉醒時，松窗竹戶，萬千瀟灑。野鳥飛來，又是一般閑暇。卻怪白鷗，覷着人、欲下未下。舊盟都在，新來莫是，別有說話。

這首詞為詞人閑居上饒時所作，詞中記述了博山道中所見所聞、所思所想。詞題中所說的「效李易安體」，就是仿效李清照詞的寫作風格。李清照是兩宋之交的傑出女詞人，其詞風以平淺自然、清麗婉約見長。辛棄疾的這首詞也體現出了這種特點。詞的上片寫途中所見之景，描繪了一幅恬淡自然的山野風光。詞的下片由此生發開去，想像這裏的山野生活。這首詞緊緊抓住山鄉野味進行精心細緻的描繪，一種自在閑適之感洋溢於字裏行間，只是閑適的背後尚隱藏着詞人一顆不平靜的心，這是詞人此時心境的反映。詞人被迫退居上饒，報國之志無以實現，心中自然是滿腹的不平。

孫文鐸

辛棄疾詞意　文鐸畫

千峰雲起驟雨一霎
兒價更遠樹斜陽風
景怎生圖畫青旗賣酒
山那畔別有人家只消
山水光中無事過這一
夏午醉醒時松窗竹
戶萬千瀟灑野鳥飛
來又是一般閑暇卻怪白
鷗覷着人欲下未下舊
盟都在新來莫是別
有說話
辛棄疾醜奴兒近博山道中效

羅楊 書

辛棄疾《醜奴兒近・博山道中效李易安體》

點水齋羅楊書

辛棄疾

菩薩蠻 書江西造口壁

鬱孤台下清江水，中間多少行人淚。西北望長安，可憐無數山。
青山遮不住，畢竟東流去。江晚正愁予，山深聞鷓鴣。

鬱孤台：在今江西贛州西北。
愁予：使我發愁。
鷓鴣（zhè gū）：鳥名。傳說牠的叫聲好像是「行不得也哥哥」。

這首詞為作者在任江西提刑，登上鬱孤台時的望遠抒懷之作。詞的上片夾敘夾議，寫景敘事中兼有抒情，直接抒發北宋的滅亡給人們帶來的巨大苦痛。詞的下片以自然的恆常和人事的變遷為比較，景中帶情，進一步抒發作者對國事的關心，語意之中不無悲壯沉痛之感。

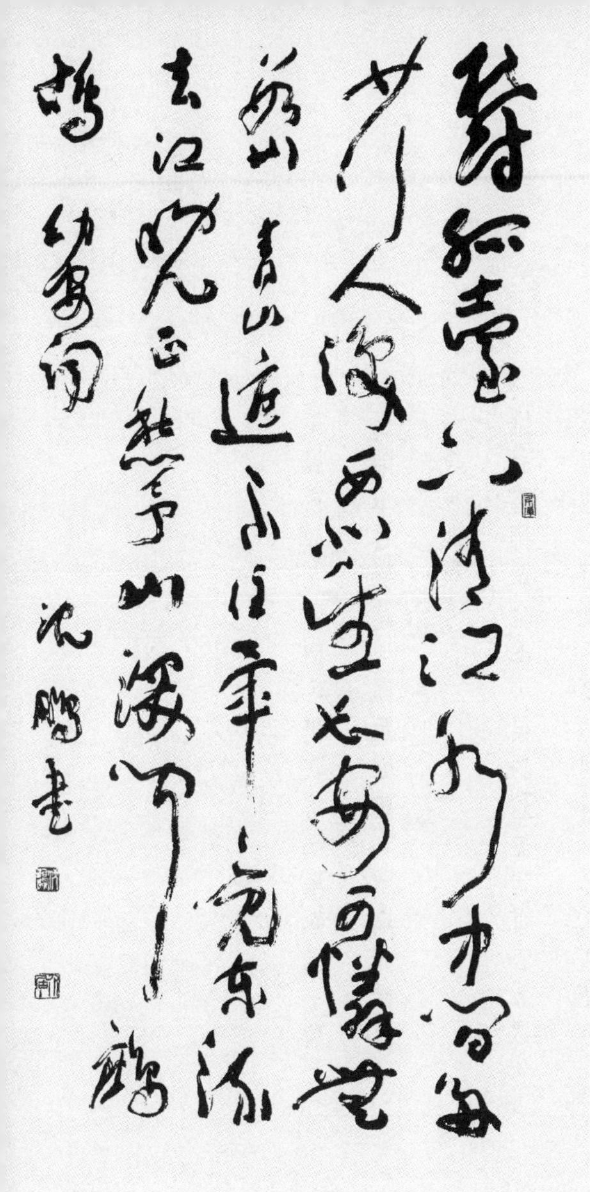

沈鵬 書

幼安詞 沈鵬書

苗重安 繪

重安

青玉案 元夕

辛棄疾

東風夜放花千樹，更吹落、星如雨。寶馬雕車香滿路。鳳簫聲動，玉壺光轉，一夜魚龍舞。

蛾兒雪柳黃金縷，笑語盈盈暗香去。眾裏尋他千百度。驀然回首，那人卻在，燈火闌珊處。

元夕：陰曆正月十五日為元宵節，是夜稱元夕或元夜。
星如雨：指焰火紛紛，亂落如雨。
玉壺：指月亮。
魚龍舞：指舞魚、龍燈。
蛾兒、雪柳、黃金縷：皆古代婦女的首飾。這裏指盛妝的婦女。
闌珊：零落稀疏的樣子。

此詞題為「元夕」，記述的是正月十五元宵節觀燈的盛況。同時鬧中取靜，在燈火輝煌、車馬喧闐的熱鬧之中托出了一位孤高自許的寂寞女子形象。這是詞人苦苦尋找的意中人，也是詞人高潔品格的象徵。詞的上闋以白描的手法，從花燈、車馬和歌舞三個方面，極力渲染了元宵節觀燈的熱鬧場面。整個下闋全是寫人。首二句寫女子容貌和裝束之美，後四句寫自己追慕之苦，備見女子之不同尋常。

馮遠

宋人詞意
庚辰冬月
馮遠寫意

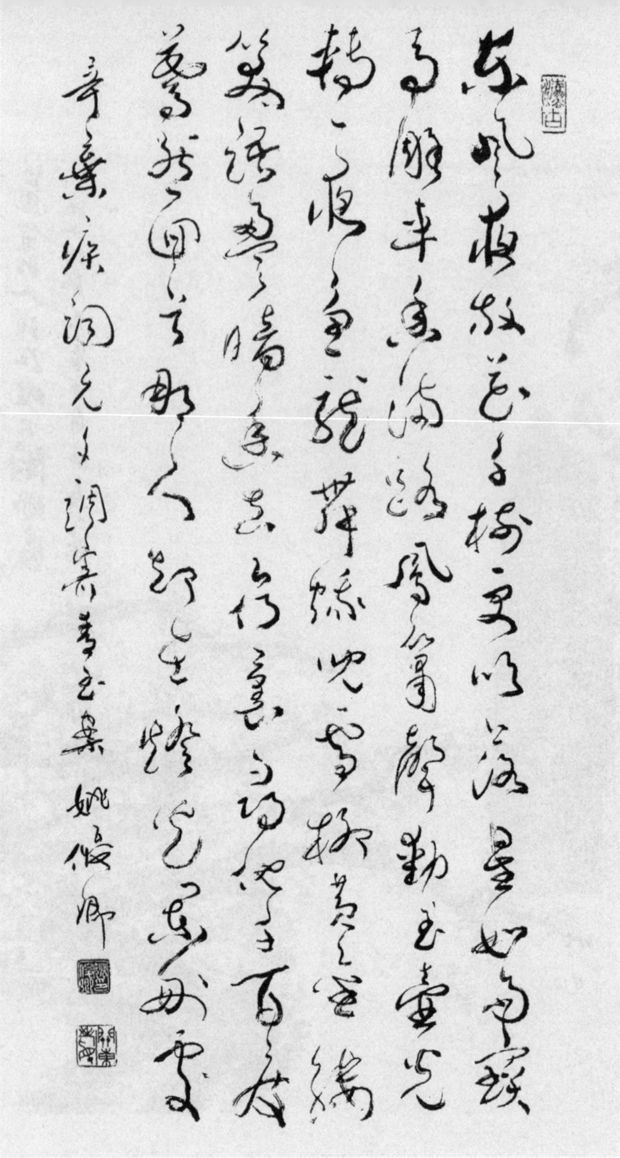

姚俊卿 書

辛棄疾詞元夕調寄《青玉案》
姚俊卿

清平樂 村居

辛棄疾

茅簷低小，溪上青青草。醉裏蠻音相媚好，白髮誰家翁媼。
大兒鋤豆溪東，中兒正織雞籠。最喜小兒亡賴，溪頭臥剝蓮蓬。

茅檐：茅屋。
蠻音：這裏泛指江南的口音。
媼（ǎo）：老年婦女。
亡賴：頑皮。亡，通「無」。

辛棄疾退居上饒的十年間，創作了大量農村題材的作品，這也是構成辛詞的一個重要部分。在農村詞中，辛棄疾以欣賞的筆調，描繪了優美的山水田園風光和當時的農村生活，抒發了詞人對農村的一腔熱忱。這首詞即以一戶農家為觀照對象，生動形象地描摹了他們的日常生活，讀來真實自然，親切感人。詞的上片由遠到近，從外到內，鏡頭逐漸拉近，先是交代了這戶人家生活的環境，然後切近這戶的主人——一對白髮老兩口。下片則對三個兒子逐一特寫，每個人因為年齡的不同，而表現出了不同的情態，各具特色，惟妙惟肖。

杜滋齡 繪

癸未初夏

杜滋齡寫辛棄疾詩意《清平樂》於天津

段成桂

辛棄疾《清平樂》

伯碩

清平樂

辛棄疾

檢校山園書所見

連雲松竹，萬事從今足。拄杖東家分社肉，白酒床頭初熟。西風梨棗山園，兒童偷把長竿。莫遣旁人驚去，老夫靜處閑看。

檢校：查核，遊觀。
連雲：上接雲天，形容山上松竹高大、茂密。
社肉：古時風俗，每當春社日和秋社日時，四鄰街坊以肉祭社神，然後分享。此為秋社祭神之肉。
偷把長竿：偷持竹竿撲打梨棗。

這首詞描寫詞人閑居帶湖時生活的滿足和心情的閑適。通篇不用典、不雕琢，語言明白如話，筆調悠然自得，與所表現的知足思想和閑情逸致渾成一體，天衣無縫。但由於詞人是被彈劾而離開官場的，閑居非其所願，表面的瀟灑悠閑不過是對報國無門、壯志難酬的憂憤心情的一種排遣而已。

杜滋齡

辛棄疾詞意
癸未
杜滋齡作

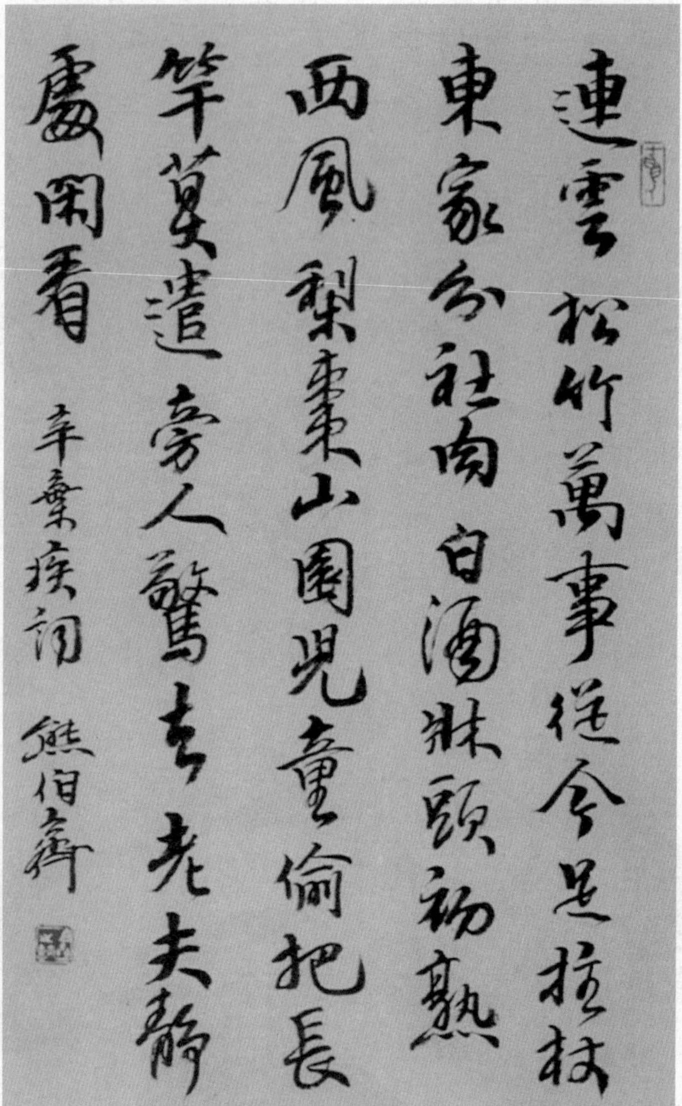
連雲松竹萬事從今足拄杖
東家分社肉白酒牀頭初熟
西風梨棗山園兒童偷把長
竿莫遣旁人驚去老夫靜
處閑看
辛棄疾詞
熊伯齊

熊伯齊

辛棄疾詞
熊伯齊

西江月

辛棄疾

夜行黃沙道中

明月別枝驚鵲，清風半夜鳴蟬。稻花香裏說豐年，聽取蛙聲一片。

七八個星天外，兩三點雨山前。舊時茅店社林邊，路轉溪橋忽見。

這首詞是作者閑居上饒帶湖時期的作品。詞作描繪了詞人夜行道中的所見所聞所感，筆致細膩，語調輕快活潑，是辛棄疾農村詞的代表作。詞的上片寫夜，明月驚醒棲宿枝頭的烏鵲，發出聲響；稻香四處瀰漫，預示着今年將會是個豐收的年景；蛙聲此起彼伏，連成一片，更襯托出夜的靜寂。如果說上片主要是通過聽覺來表現農村的夜景，寫「所聞」，那麼詞的下片則寫「所見」。烏雲四起，透過雲隙可以看到稀疏的星光；不知不覺中，三三兩兩的雨滴已經灑向山前；情急之中，詞人記起這附近曾經有座茅草小店，那裏或是避雨的所在。可是因為天黑和着急的緣故，一下子怎麼也找不到。哦，原來過了小溪上的石橋，再拐個彎兒，就看到了。

孫志卓 繪

辛棄疾《西江月》詞意

歲次壬午秋月

志卓製

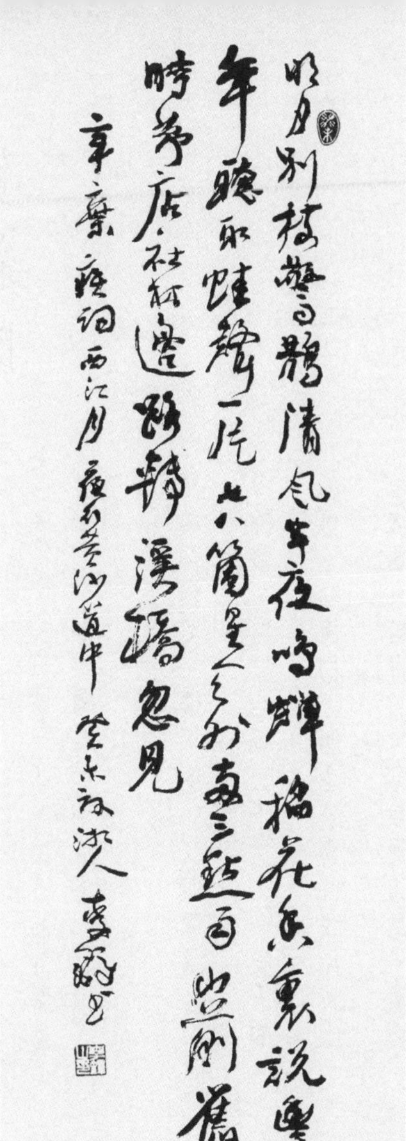
明月別枝驚鵲清風半夜鳴蟬稻花香裏說豐年
聽取蛙聲一片七八個星天外兩三點雨山前舊
時茅店社林邊路轉溪橋忽見
辛棄疾詞西江月夜行黃沙道中 癸未夏浙人李鐸書

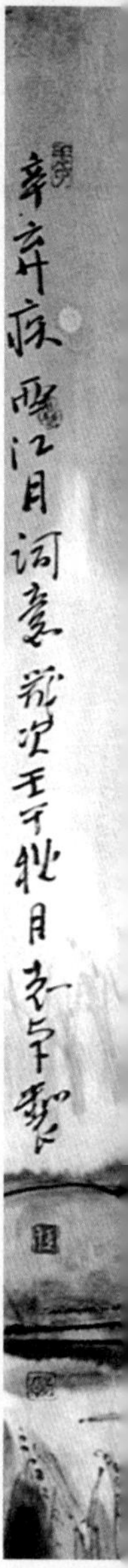

李鐸 書

辛棄疾詞《西江月·夜行黃沙道中》
癸未夏
浙人李鐸書

賀新郎

辛棄疾

邑中園亭，僕皆為賦此詞。一日，獨坐停雲，水聲山色，競來相娛，意溪山欲援例者，遂作數語，庶幾彷彿淵明思親友之意云。

甚矣吾衰矣。悵平生、交遊零落，只今餘幾。白髮空垂三千丈，一笑人間萬事。問何物、能令公喜。我見青山多嫵媚，料青山、見我應如是。情與貌，略相似。

一尊搔首東窗裏。想淵明、停雲詩就，此時風味。江左沉酣求名者，豈

這首詞仿陶淵明《停雲》詩「思親友」之意，寫了作者落職後只能與青山為侶的寂寞，只有在古人中求知己來慰藉自己對時局的深刻怨憤。詞中多處引經用典，字裏行間透出悲壯蒼涼之感。

識濁醪妙理。回首叫、雲飛風起。不恨古人吾不見，恨古人、不見吾狂耳。知我者，二三子。

甚矣吾衰矣：我老得多麼厲害呵！

悵：懊惱，感歎。交遊：朋友。

「白髮」三句：白白地老了，人間萬事，只有付之一笑，有什麼能使你高興呢？

「一尊」三句：我現在對酒思友的情景想必與陶淵明當年寫《停雲》詩時相仿。尊，同「樽」，酒杯。就，成。風味，滋味。

「江左」二句：當年江左的名士，醉中求名，哪裏真知酒中的妙理。江左，長江以東，即江蘇南部一帶。東晉、宋、齊、梁、陳相繼建都金陵，以此為統治中心。濁醪，濁酒。古人釀米作酒，呈乳色，似渾濁。

雲飛風起：暗用劉邦《大風歌》詩句，表現作者的豪放心情。

「不恨」二句：襲用南朝張融語：「不恨我不見古人，所恨古人又不見我。」（見《南史．張融傳》）我能理解古人的心情，古人見不到我的狂態。狂，指憤世嫉俗的狂態。

「知我者」二句：作者感慨能了解他的人很少。知我者，真知我心者。二三子，借用孔子對其學生的稱謂，指少數幾個知心朋友。

馬振聲 繪

愛國詞人辛棄疾

意氣風發沉鬱悲涼一腔忠憤都寄之於詞

壬戌秋

振聲並記

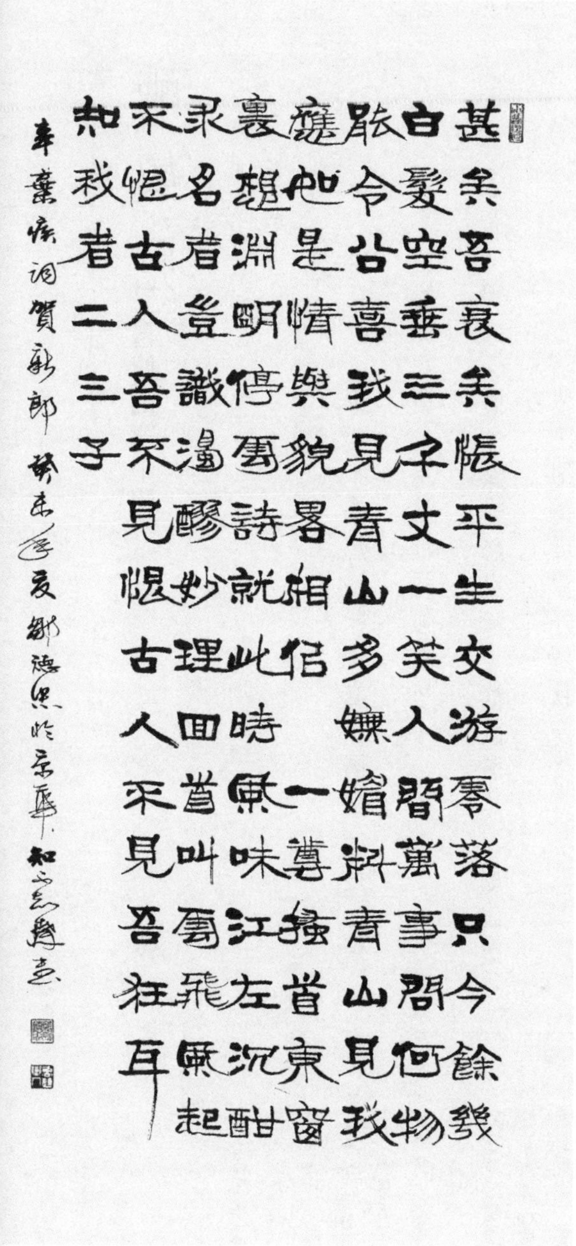
甚矣吾衰矣悵平生交游零落只今餘幾
白髮空垂三千丈一笑人間萬事問何物
能令公喜我見青山多嫵媚料青山見我
應如是情與貌略相似一尊搔首東窗
裏想淵明停雲詩就此時風味江左沉酣
求名者豈識濁醪妙理回首叫雲飛風起
不恨古人吾不見恨古人不見吾狂耳
知我者二三子
辛棄疾詞賀新郎 癸未年夏鄒德忠於京華知不知齋書

鄒德忠

辛棄疾詞《賀新郎》
癸未年夏
鄒德忠於京華知不知齋書

醜奴兒 書博山道中壁

辛棄疾

少年不識愁滋味，愛上層樓。愛上層樓，為賦新詞強說愁。

而今識盡愁滋味，欲說還休。欲說還休，卻道天涼好個秋。

醜奴兒：即《采桑子》。

層樓：高樓。

這首詞作於作者帶湖閑居時。從詞題「書博山道中壁」可知，當為一時有感而發的即興之作。此詞通篇敘事，以「愁」為中心，今昔對比，含蓄而深沉地表達了鬱積於詞人心中的愁苦。詞的上片寫過去，直言少年的不諳世事，還體會不到人生的艱辛，卻「強說愁」。下片則寫現在，寫在領略了世事的艱難，飽嘗人生的愁苦之後，卻有苦難訴，只說了句「天涼好個秋」。詞人一生銳意恢復中原，而到老也沒有實現自己的抱負，最終抱恨而終。這首詞的構思奇特，以淡筆寫濃愁，語淺而意深，在明白如話的表達中，隱藏着詞人濃濃的愁苦。

汪國新

采桑子

馬年之夏陝西湖南重慶廣西連日暴雨成災損失慘重，北京聞鐘精舍主人為辛棄疾詞意作畫

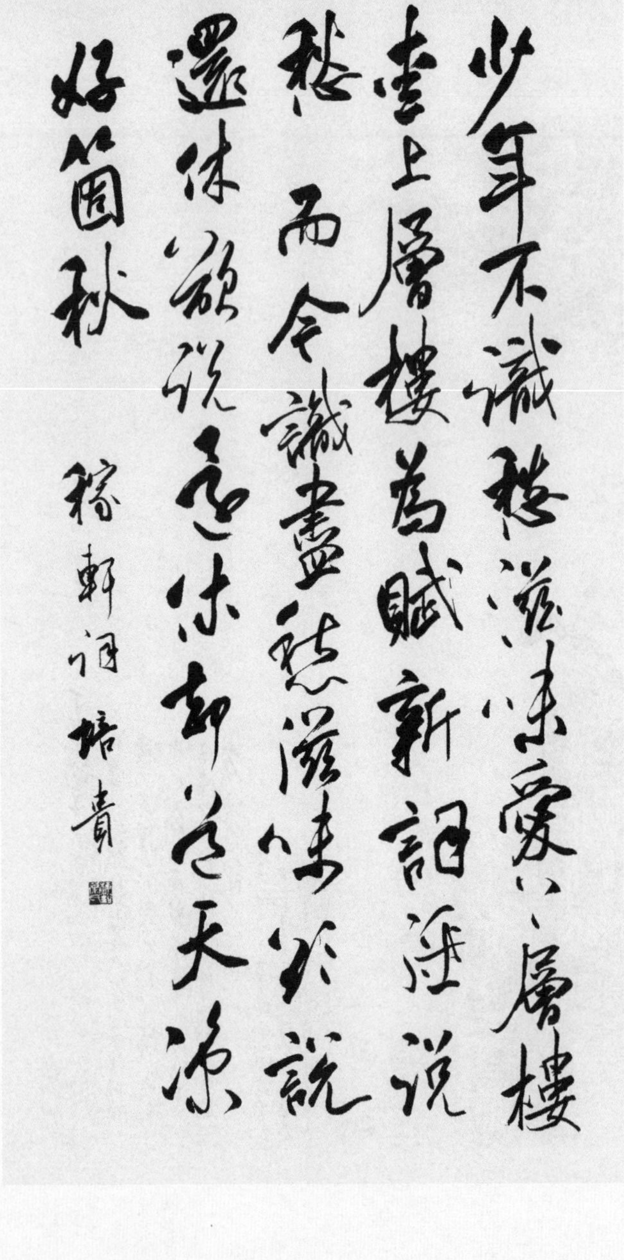
少年不識愁滋味愛上層樓
愛上層樓為賦新詞強說
愁而今識盡愁滋味欲說
還休欲說還休卻道天涼
好箇秋
稼軒詞 培貴

葉培貴 書

稼軒詞
培貴

破陣子

辛棄疾

為陳同甫賦壯語以寄

醉裏挑燈看劍，夢回吹角連營。
八百里分麾下炙，五十弦翻塞外聲。
沙場秋點兵。
馬作的盧飛快，弓如霹靂弦驚。
了卻君王天下事，贏得生前身後名。
可憐白髮生。

八百里：牛名，據《世說新語》、《晉書．王濟傳》王愷有牛名八百里駮。一解作八百里內的軍隊，亦通。
麾下：部下。炙：烤熟的肉。五十弦：瑟有五十弦，泛指樂器。
塞外聲：悲涼雄壯的邊塞音樂。的盧：烈性快馬名。了卻：完成。天下事：指平定天下，收復中原之事。

這首詞通過回憶與幻想當年軍中的戰鬥生活，寫出了作者在醉夢中都念念不忘躍馬沙場、橫戈殺敵的雄壯場面，強烈反映出他壯志未酬身先老、報國無門志不休的悲憤心情，深刻揭示了現實與理想的尖銳矛盾。詞中飽含作者忠君愛國、求取功名的積極進取精神。

劉旦宅

旦宅

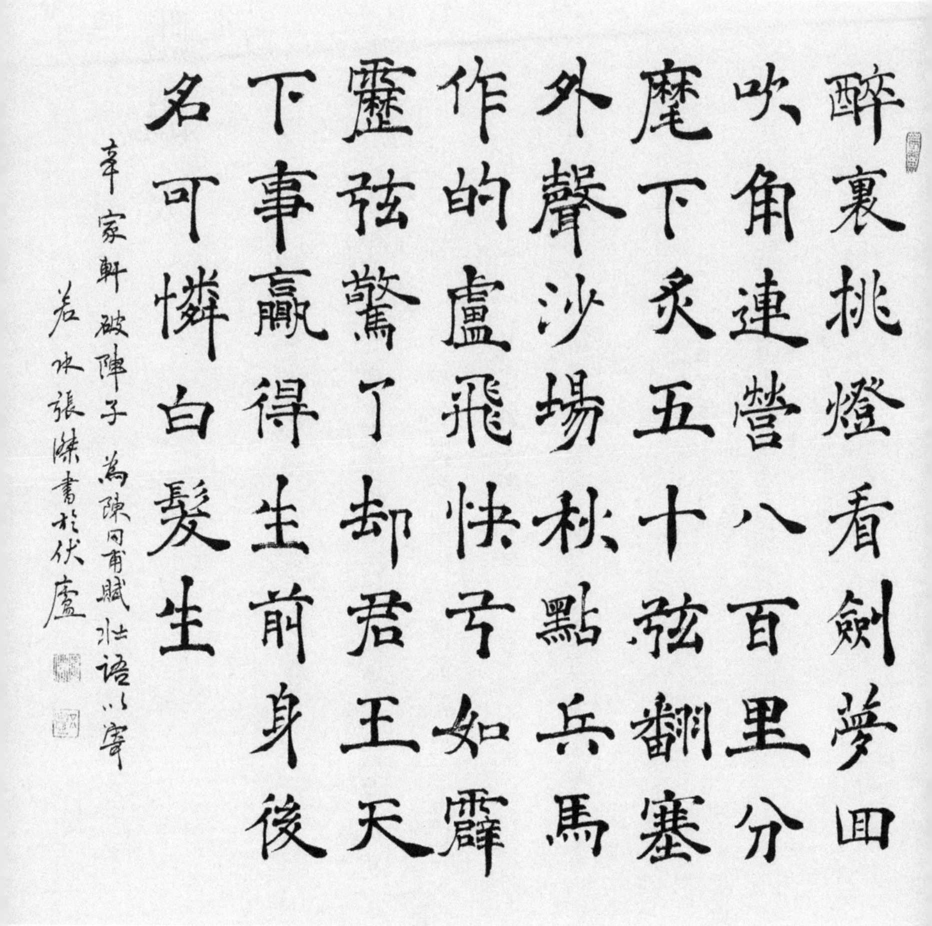
醉裏挑燈看劍夢回
吹角連營八百里分
麾下炙五十弦翻塞
外聲沙場秋點兵馬
作的盧飛快弓如霹
靂弦驚了卻君王天
下事贏得生前身後
名可憐白髮生
辛家軒破陣子 為陳同甫賦壯語以寄
若水張傑書於伏盧

張傑

辛（家）〔稼〕軒《破陣子．為陳同甫賦壯語以寄》

若水張傑書於伏廬

鷓鴣天

辛棄疾

有客慨然談功名，因追念少年時事戲作。

壯歲旌旗擁萬夫，錦襜突騎渡江初。
燕兵夜娖銀胡䩮，漢箭朝飛金僕姑。
追往事，歎今吾。春風不染白髭鬚。
都將萬字平戎策，換得東家種樹書。

錦襜（chān）：錦衣戰袍。
娖（chuò）：整理，整頓。
銀胡䩮：銀色的箭袋。
金僕姑：箭名。
種樹書：關於耕種之事的書。

這首詞為辛棄疾晚年閑居時所作，從詞題可知，此詞因功名而起，為追懷往事之作。上片追憶往事，下片感歎自己的眼前。辛棄疾年輕的時候曾經參加北方金人淪陷區的義軍，並在山東忠義軍耿京幕下任掌書記。一一六二年春，為使忠義軍與南宋政府取得聯繫，辛棄疾奉表歸宋。不料在他完成任務北還時，在海州就聽說叛徒張安國已暗殺了耿京並投降金人。辛棄疾十分生氣，立即帶五十餘騎，連夜奔襲金營，突入敵人營中，抓走了張安國，並交給了南宋朝廷。詞的上片就是追憶這段往事。詞的下片借往事感歎當前。詞人一生立志報國，卻一直不為統治階層所賞識、重用，直到鬢髮斑白仍然賦閑村野，一腔忠憤何以發洩？通觀全詞，表達的是詞人的愛國之心。

吳澤浩 繪

辛棄疾泰山起義抗金

二千零二年秋日於廣

吳澤浩

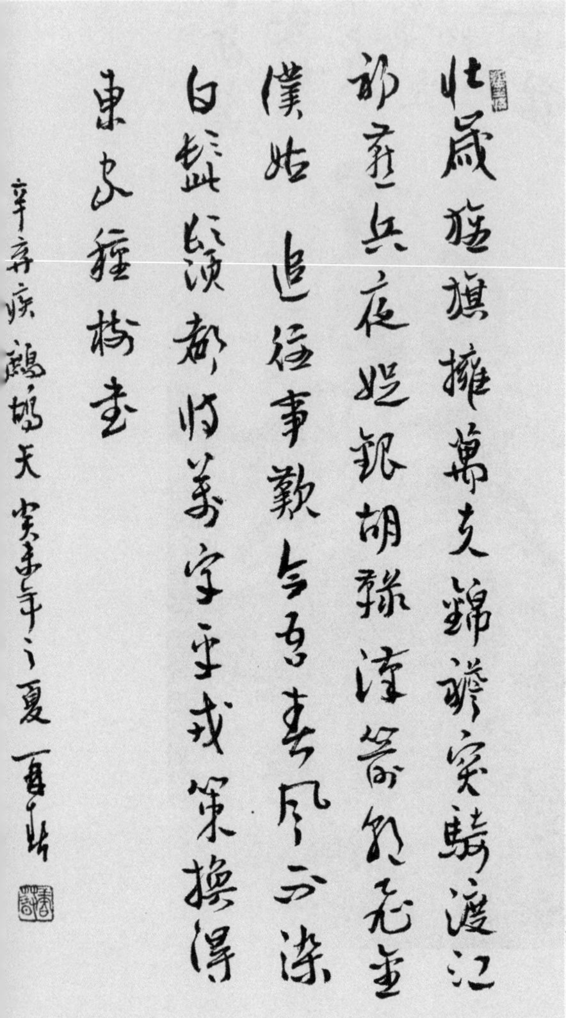
壯歲旌旗擁萬夫錦襜突騎渡江
初燕兵夜娖銀胡䩮漢箭朝飛金
僕姑 追往事歎今吾春風不染
白髭鬚卻將萬字平戎策換得
東家種樹書
辛棄疾鷓鴣天 癸未年之夏 再春書

楊再春 書

辛棄疾《鷓鴣天》

癸未年之夏

再春

西江月

遣興

辛棄疾

醉裏且貪歡笑，要愁那得工夫。
近來始覺古人書，信著全無是處。
昨夜松邊醉倒，問松我醉何如。
只疑松動要來扶，以手推松曰去。

遣興：抒寫一時的情致。此類作品常寓感時傷世之意，這首詞即為讀書有感而作。
「醉裏」二句：以酒澆愁，以醉忘憂。
「近來」二句：近來方悟不能全信古書。覺，領悟。
何如：怎樣。
「只疑」二句：生動地表現了醉酒後的情態和心理，同時，也巧妙地刻畫了作者的倔強性格。

這首詞用新鮮的手法活靈活現地描寫醉態，並利用醉態掩飾，把滿懷悲憤寫得更加深沉。

吳澤浩

辛棄疾《西江月・遣興》詞意

二千零二年冬月於濟南鐵塔軒

吳澤浩

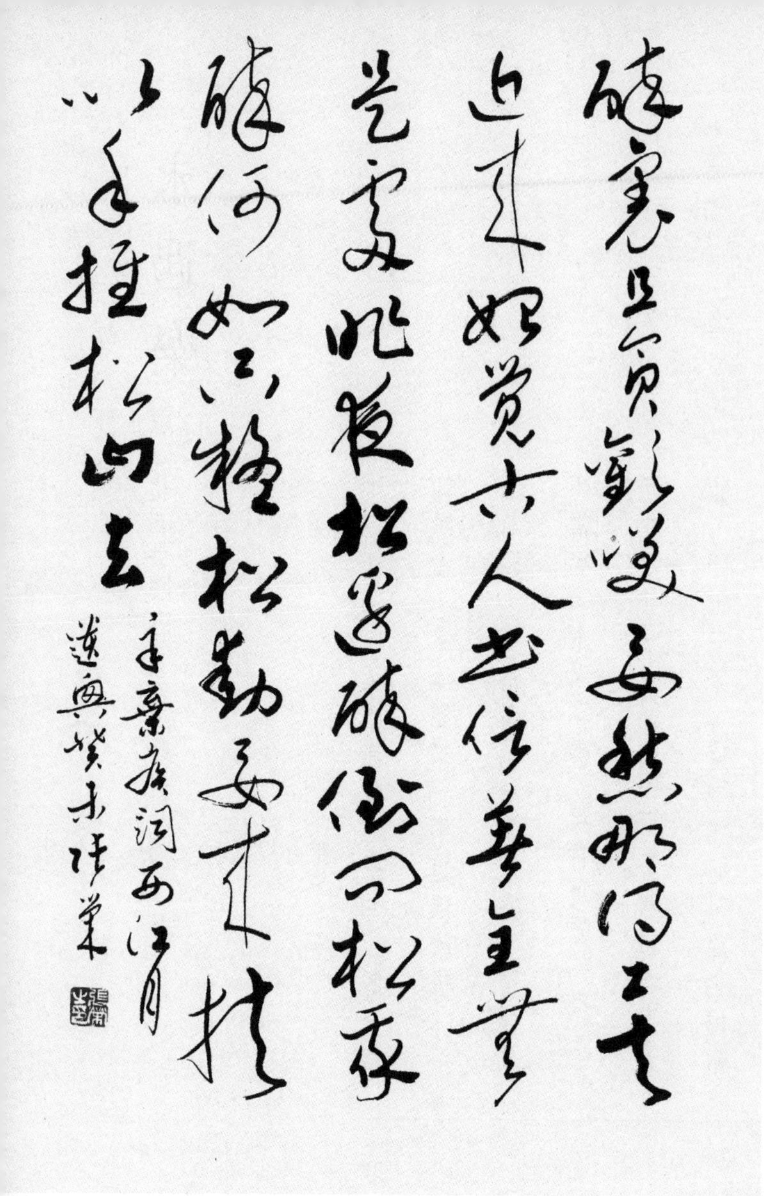

醉裡且貪歡笑要愁那得工夫近來始覺古人書信著全無是處昨夜松邊醉倒問松我醉何如只疑松動要來扶以手推松曰去
辛棄疾詞西江月遣興癸未張榮

張榮 書

——辛棄疾詞《西江月・遣興》

癸未

張榮

永遇樂

京口北固亭懷古

辛棄疾

千古江山，英雄無覓，孫仲謀處。舞榭歌台，風流總被，雨打風吹去。斜陽草樹，尋常巷陌，人道寄奴曾住。想當年，金戈鐵馬，氣吞萬里如虎。

元嘉草草，封狼居胥，贏得倉皇北顧。四十三年，望中猶記，烽火揚州路。可堪回首，佛狸祠下，一片神鴉社鼓。憑誰問，廉頗老矣，尚能飯否。

宋寧宗嘉泰三年（一二〇三），年已六十四歲的愛國老將辛棄疾再一次被起用，第二年便被派往抗戰前線的重鎮鎮江做知府，組織抗敵。於是，擊潰金人，恢復中原的希望再一次在這位老英雄的胸中點燃。這首詞即作於詞人在鎮江知府任上。詞人登高望遠，追昔撫今，詠史抒懷，留下了這首千古流傳的懷古名篇。京口自古就是軍事重地，在這裏留下了無數個英雄故事。因此詞人一登上北固亭便很自然地

京口：今江蘇鎮江。

孫仲謀：孫權字仲謀，吳郡富春人。東漢末，佔江東稱帝，國號吳。京口城權所築也。

寄奴：南朝宋武帝劉裕字德輿，小字寄奴。

元嘉：南朝宋文帝年號。

封：在山上築壇祭天。

狼居胥：山名，在今內蒙古自治區。漢霍去病勝匈奴，封狼居胥山，後世因以封狼居胥為驅逐胡虜之意。

佛狸：北魏太武帝小字佛狸，他擊敗王玄謨的北伐軍隊後，率兵直追到長江北岸的瓜步山（今江蘇六合東南二十里處），在山上建行宮，即後來的佛狸祠。此句借北魏太武帝以喻金主完顏亮南侵，而淪陷區的廟宇香火旺盛，表示土地、百姓已非我所有。

追緬起在這裏建立霸業的古代英雄。這是詞的上片的內容。在對古代英雄的緬懷中，實則也寓託着詞人建立霸業的宏偉抱負。詞的下片依然從懷古寫起，只是這裏所懷的是古代的歷史教訓。其下，詞人便將視線從古代轉到今天，以古鑒今，寫眼前所見，並在詞的最後以廉頗為比，抒發了自己老當益壯，為國出力的決心。

北固亭懷古
辛棄疾

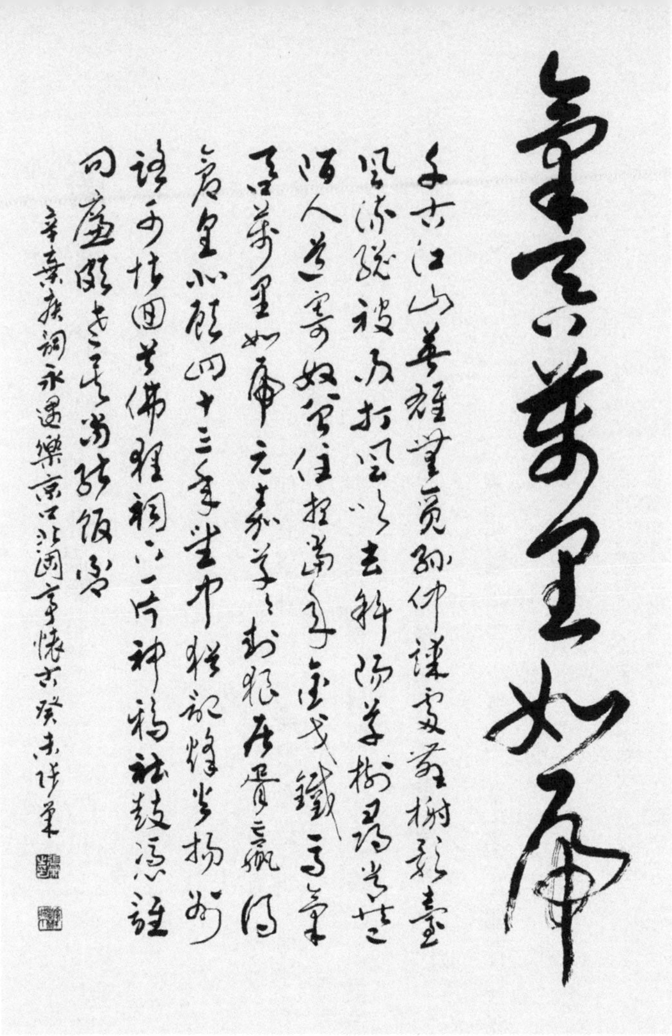

張榮

氣吞萬里如虎
辛棄疾詞《永遇樂・京口北固亭懷古》
癸未
張榮

汪國新

北固亭懷古　辛棄疾
二〇〇二年七月十日於北京聞鐘精舍
汪國新

南鄉子

辛棄疾

登京口北固亭有懷

何處望神州，滿眼風光北固樓。千古興亡多少事，悠悠。不盡長江滾滾流。
年少萬兜鍪，坐斷東南戰未休。天下英雄誰敵手，曹劉。生子當如孫仲謀。

神州：中國的古稱，這裏指當時的中原淪陷地區。
兜鍪（móu）：頭盔，代指士兵。
坐斷：佔據住。
曹劉：指曹操和劉備。
孫仲謀：孫權，字仲謀。

這是詞人作於鎮江知府任上的一首詞。北固亭，一名北固樓，在鎮江城北北固山上。這首詞登臨懷古，感慨往事，借古喻今，沉鬱悲愴，振聾發聵，內涵深遠，表現了他對中原的懷念和對當朝者的輕蔑與指責。

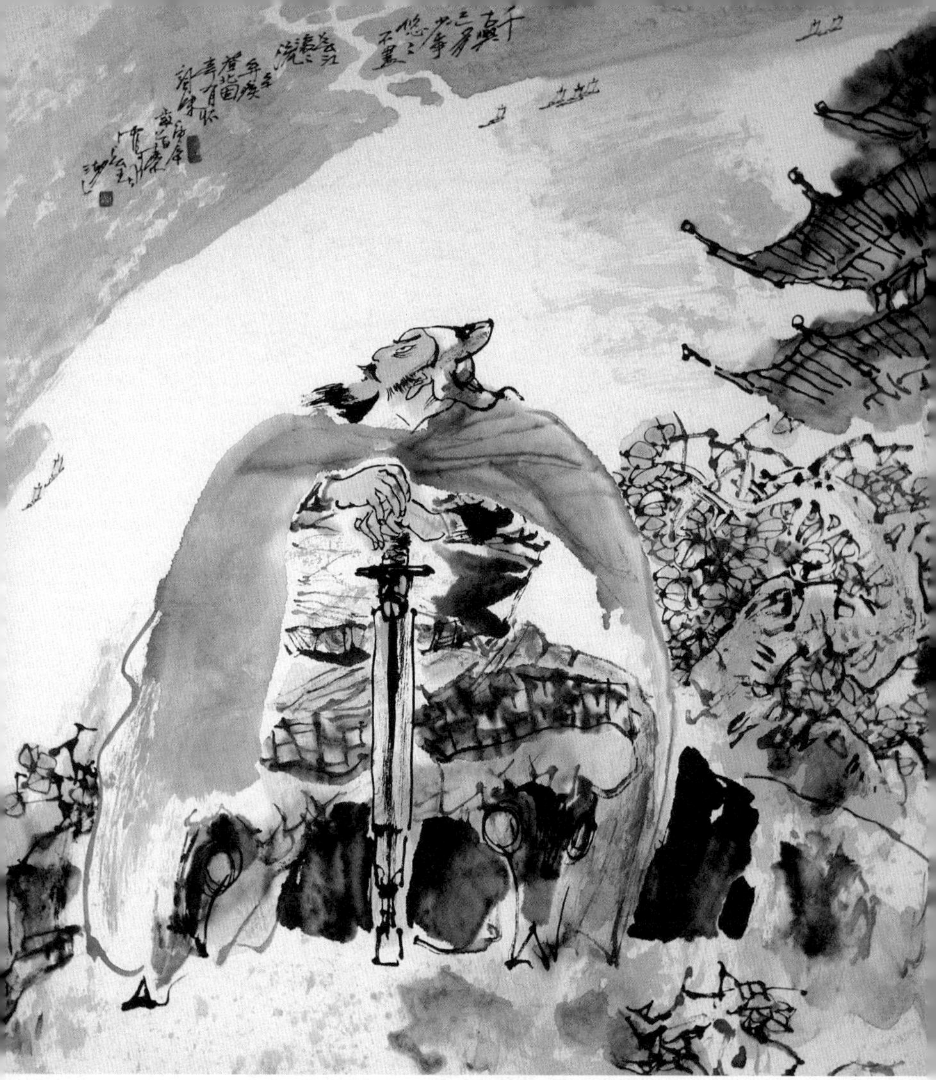

呂士榮 繪

辛棄疾登北固亭有懷詞味
庚辰歲首
士榮寫於長春湖上

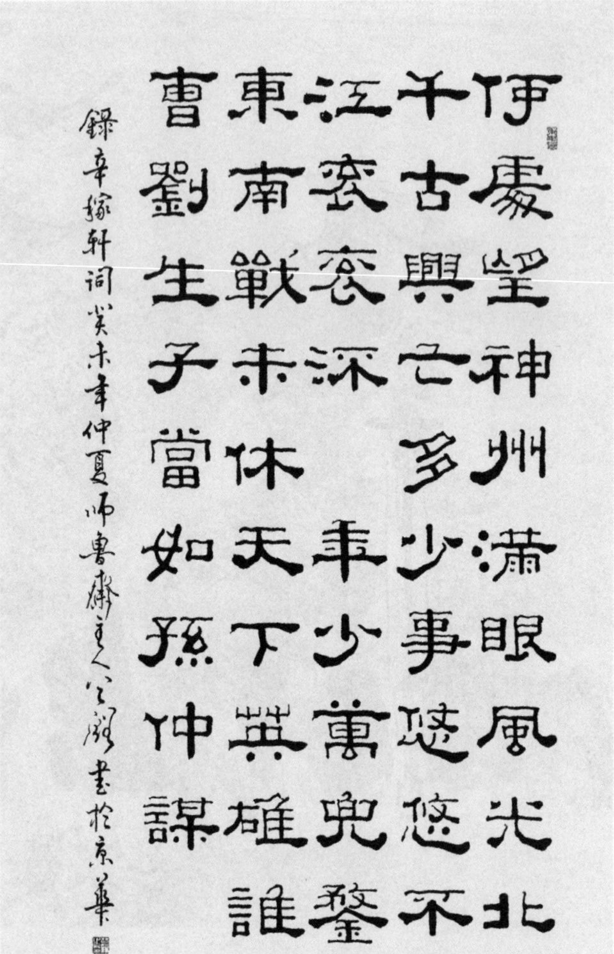
何處望神州滿眼風光北固樓
千古興亡多少事悠悠不盡長
江滾滾流年少萬兜鍪坐斷
東南戰未休天下英雄誰敵手
曹劉生子當如孫仲謀
錄辛稼軒詞癸未年仲夏師魯齋主人谷溪書於京華

谷溪

——錄辛稼軒詞
癸未年仲夏
師魯齋主人谷溪書於京華

唐多令

劉過

蘆葉滿汀洲，寒沙帶淺流。二十年、重過南樓。柳下繫舟猶未穩，能幾日、又中秋。

黃鶴斷磯頭，故人今在不。舊江山、渾是新愁。欲買桂花同載酒，終不是、少年遊。

磯：臨江的山崖叫磯。此指黃鶴磯，在黃鶴山西北，上有黃鶴樓，西臨長江，為遊覽勝地。

今在不：一本作「曾到否」。

劉過是著名的豪放派詞人，也是個力主北伐的愛國志士。早年他就曾給皇帝上書，也曾向宰相陳述「恢復方略」，但他的建議始終未被採用，而他一生中的大多數光陰也只是在放浪江湖、依人做客中虛度。這令詞人抑鬱不平，頗多抱恨。這首《唐多令》正是表達作者對光陰虛度的悲憤與無奈，風格蒼涼，感人至深，遂成傳誦千古的名作。

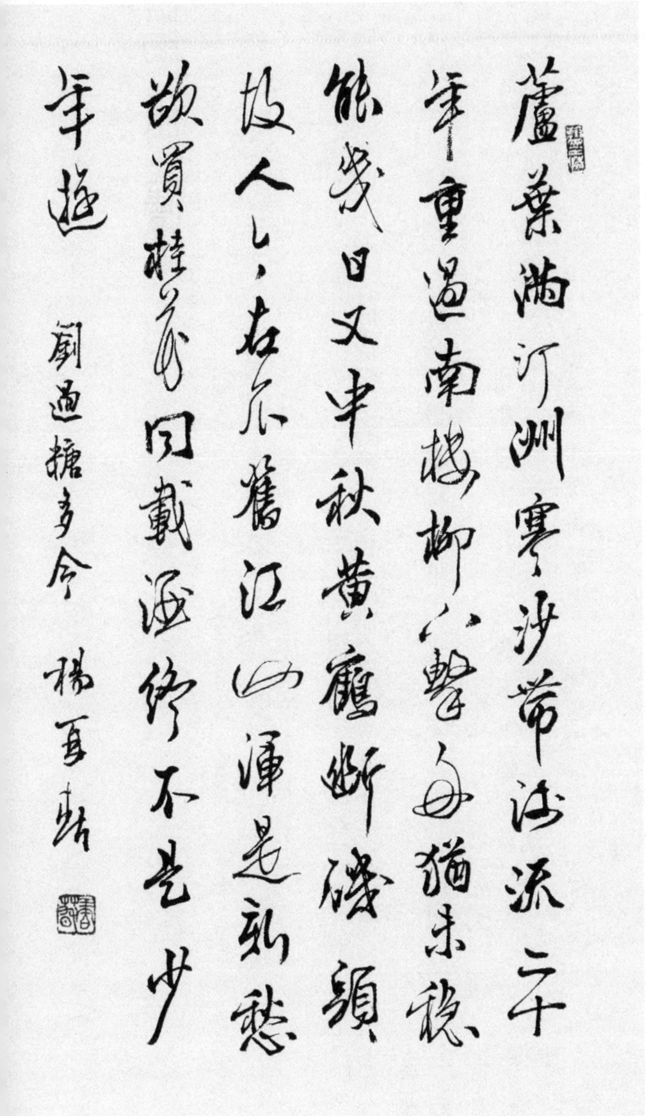
蘆葉滿汀洲寒沙帶淺流二十
年重過南樓柳下繫船猶未穩
能幾日又中秋黃鶴斷磯頭
故人今在否舊江山渾是新愁
欲買桂花同載酒終不似少
年遊
劉過糖多令 楊再春書

苗重安 繪

重安

楊再春 書

劉過《(唐)(糖)多令》

楊再春

揚州慢

姜夔

淳熙丙申至日，予過維揚。夜雪初霽，薺麥彌望。入其城，則四顧蕭條，寒水自碧，暮色漸起，戍角悲吟。予懷愴然，感慨今昔，因自度此曲。千岩老人以為有《黍離》之悲也。

淮左名都，竹西佳處，解鞍少駐初程。過春風十里，盡薺麥青青。自胡馬窺江去後，廢池喬木，猶厭言兵。漸黃昏，清角吹寒，都在空城。

杜郎俊賞，算而今、重到須驚。縱豆蔻詞工，青樓夢好，難賦深情。二十四橋仍在，波心盪、冷月無聲。念橋邊紅藥，年年知為誰生。

紹興三十一年（一一六一），金完顏亮大舉南侵，揚州等地遭受嚴重破壞。一一七六年姜夔路過揚州，見昔日繁華之地仍是劫後蕭條景象，遂作《揚州慢》以誌之。詞追憶往昔的景物繁華與人物風流，對照以如今的廢池喬木、薺麥生庭，令人生無限悵惘。

淳熙丙申：即宋孝宗淳熙三年（一一七六）。

至日：冬至日。

維揚：揚州的別名。

千岩老人：蕭德藻，字東夫，號千岩老人，福建閩清人，作者曾向其學詩，並娶了其姪女。

《黍離》之悲：懷念故國的悲思。《詩經．王風》有《黍離》，寫西周大夫路過故京，見宮殿中長滿禾黍，歎周室衰微，彷徨不忍離去。後人常以此詩代指國破家亡的悲傷。

淮左：宋代置淮南路，後分淮南東路、西路，東路又稱淮左，治揚州。

竹西：亭名，在揚州城東禪智寺側。杜牧《題揚州禪智寺》：「誰知竹西路，歌吹是揚州。」

胡馬窺江：指金兵渡江南侵。宋高宗建炎三年（一一二九）和紹興三十一年（一一六一），金兵兩次侵揚州等地，其中第二次揚州受禍尤烈。

杜郎：指杜牧。

俊賞：對美有高度鑒賞能力。杜牧在揚州生活時期，寫過不少讚美揚州繁華景色的詩篇。

豆蔻詞工：豆蔻詞寫得很好。

青樓夢好：杜牧《遣懷》：「落魄江南載酒行，楚腰纖細掌中輕。十年一覺揚州夢，贏得青樓薄倖名。」

二十四橋：據沈括《夢溪筆談》，唐時揚州有二十四橋。杜牧《寄揚州韓綽判官》：「二十四橋明月夜，玉人何處教吹簫。」

紅藥：紅芍藥。王觀《揚州芍藥譜》：「揚之芍藥甲天下。」

孫文鐸 繪

宋人姜夔《揚州慢》詞意

文鐸

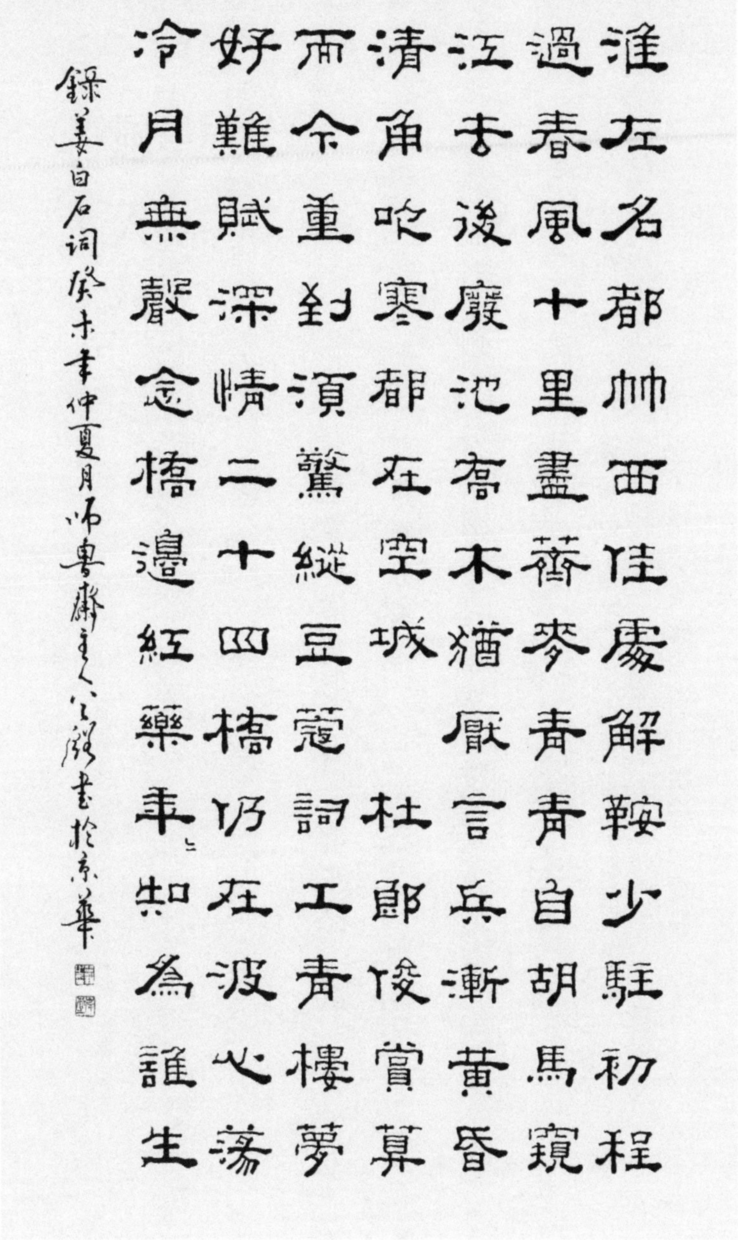
淮左名都竹西佳處解鞍少駐初程
過春風十里盡薺麥青青自胡馬窺
江去後廢池喬木猶厭言兵漸黃昏
清角吹寒都在空城杜郎俊賞算
而今重到須驚縱豆蔻詞工青樓夢
好難賦深情二十四橋仍在波心蕩
冷月無聲念橋邊紅藥年年知為誰生
錄姜白石詞癸未年仲夏月師魯齋主人谷溪書於京華

谷溪

錄姜白石詞
癸未年仲夏月
師魯齋主人谷溪書於京華

風入松

吳文英

聽風聽雨過清明，愁草瘞花銘。樓前綠暗分攜路，一絲柳、一寸柔情。料峭春寒中酒，交加曉夢啼鶯。

西園日日掃林亭，依舊賞新晴。黃蜂頻撲鞦韆索，有當時、纖手香凝。惆悵雙鴛不到，幽階一夜苔生。

草：起草。瘞（yì）：埋葬。
銘：文體的一種。古代常把銘文刻在器物上以示頌揚、哀悼或鑒戒。
綠暗：綠樹成蔭，遮蔽地面。
分攜：分手。交加：紛紛交錯。
雙鴛：美人的鞋子，此指美人的足跡。

這首《風入松》寫對一位女子的思念，睹物思人，觸景生情。詞最為人稱道的是「黃蜂頻撲鞦韆索，有當時、纖手香凝」兩句，奇特的想像出人意表，又有自然天成的意趣。

汪國新

風入松

馬年金秋北京

汪國新

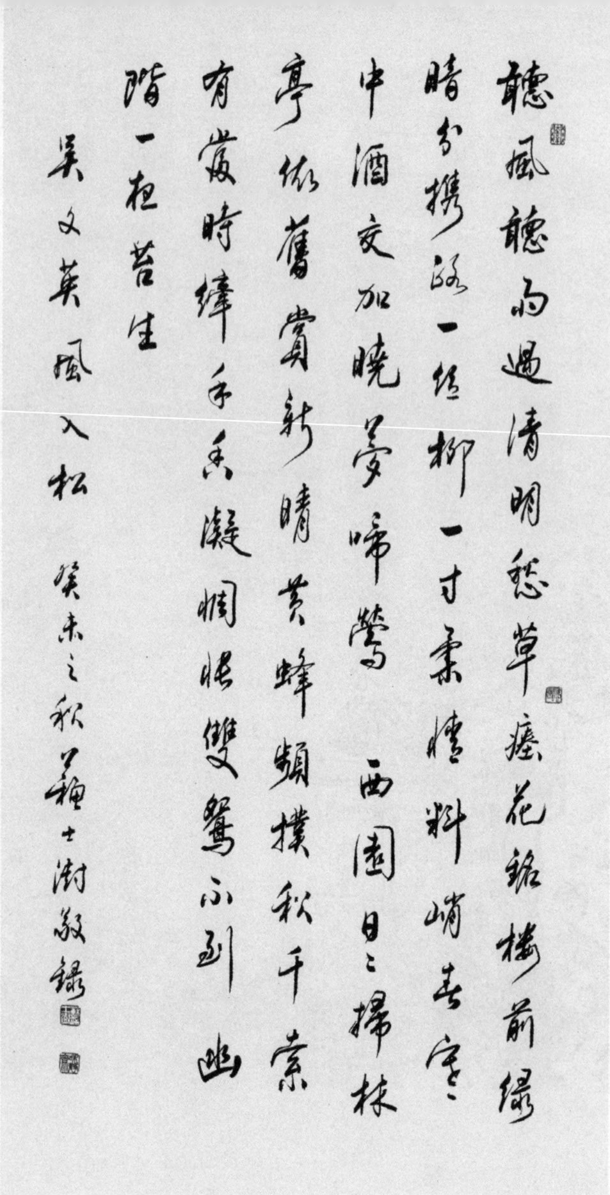
聽風聽雨過清明愁草瘞花銘樓前綠
暗分攜路一絲柳一寸柔情料峭春寒
中酒交加曉夢啼鶯西園日日掃林
亭依舊賞新晴黃蜂頻撲秋千索
有當時纖手香凝惆悵雙鴛不到幽
階一夜苔生
吳文英風入松
癸未之秋蘇士澍敬錄

蘇士澍

吳文英《風入松》
癸未之秋
蘇士澍敬錄

柳梢青

劉辰翁

春感

鐵馬蒙氈，銀花灑淚，春入愁城。
笛裏番腔，街頭戲鼓，不是歌聲。
那堪獨坐青燈。想故國、高台月明。
輦下風光，山中歲月，海上心情。

銀花：指花燈。蘇味道《正月十五日夜》：「火樹銀花台，星橋鐵鎖開。」
愁城：指為元軍佔領的京城臨安。番腔：指元人的歌曲。
山中歲月：宋亡後，作者避居山中，此句即指此。
海上心情：臨安淪陷後，陸秀夫、張世傑等人在閩、廣沿海一帶擁立新君繼續抗元，作者在此對他們表示懷念。

劉辰翁的重要詞作多作於宋亡後，記載亡國之恨成了他作品的主題。這首詞題為「春感」，抒發的實際上也是亡國之悲。語言質樸，詞意曉暢，感情沉鬱。

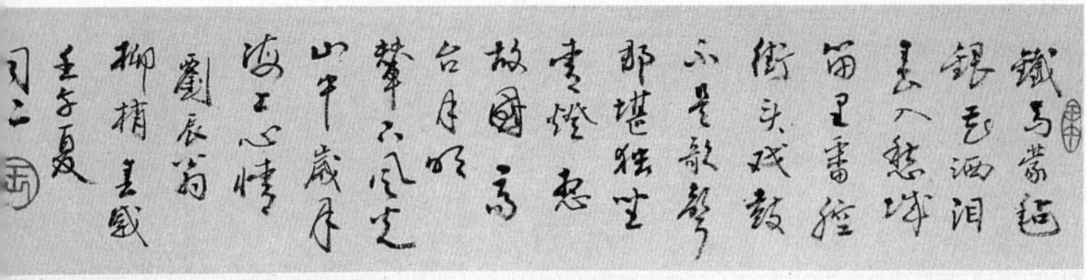
鐵馬蒙氈
銀花灑淚
春入愁城
笛里番腔
街頭戲鼓
不是歌聲
那堪獨坐
青燈想
故國高
台月明
輦下風光
山中歲月
海上心情
劉辰翁
柳梢青
壬午夏

壬午年夏於北京周仁

王同仁

劉辰翁《柳梢青》·春感

壬午夏　同仁

鐵馬蒙氈

壬午年之夏於北京　同仁

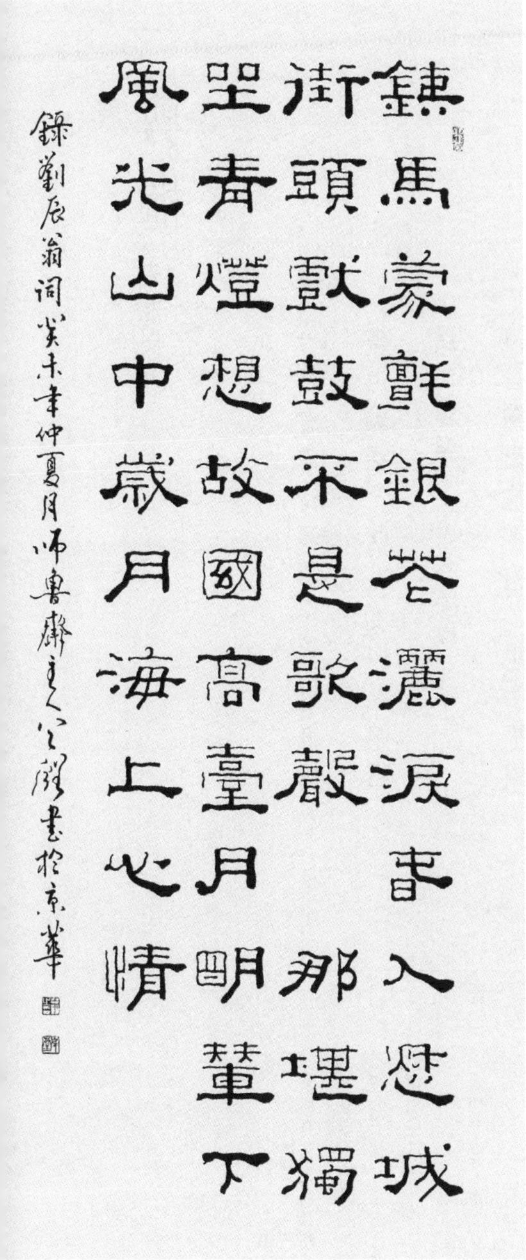
鐵馬蒙氈銀花灑淚春入愁城
街頭戲鼓不是歌聲那堪獨
坐青燈想故國高臺月明輦下
風光山中歲月海上心情
錄劉辰翁詞癸未年仲夏月師魯齋主人谷溪書於京華

谷溪

錄劉辰翁詞癸未年仲夏月

師魯齋主人谷溪書於京華

一剪梅

蔣捷

舟過吳江

一片春愁待酒澆。江上舟搖，樓上簾招。秋娘度與泰娘嬌，風又飄飄，雨又蕭蕭。

何日歸家洗客袍。銀字笙調，心字香燒。流光容易把人拋，紅了櫻桃，綠了芭蕉。

吳江：江蘇吳江，濱臨太湖。
簾招：酒旗招展。客袍：外出穿的衣服。
銀字笙：鑲飾有銀字的笙。調：調弄，吹奏。
心字香：製成心字形的盤香。
「紅了」二句：春末夏初，櫻桃逐漸紅熟，蕉葉從淺綠轉為深綠。
這裏借顏色轉換，描繪出春光的流逝。

這首詞寫舟過吳江所見的景象，表達了傷春惱人和倦遊思歸的心情，並想像歸家後歡快溫馨的生活情景。

呂士榮

庚辰歲

士榮畫

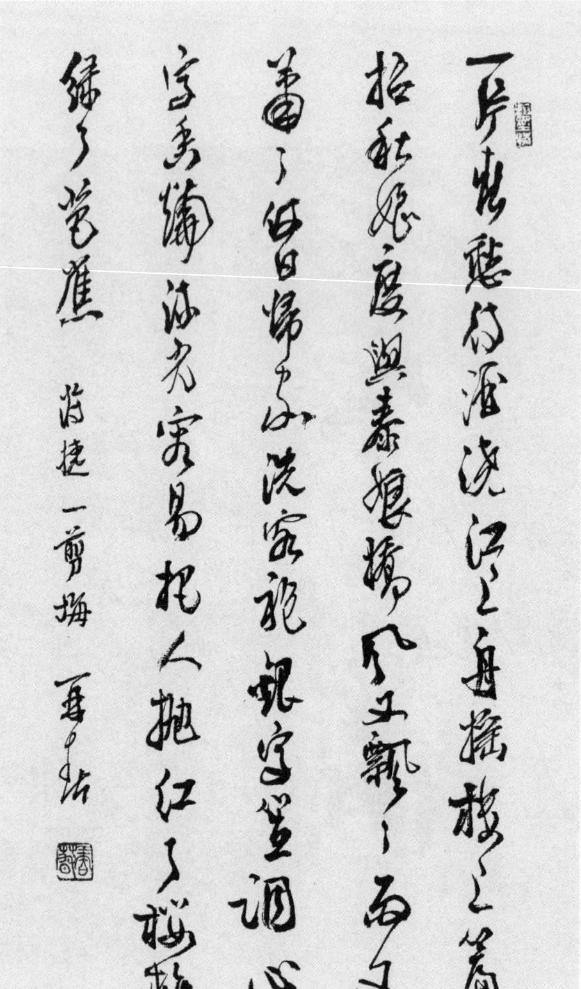

楊再春

——蔣捷《一剪梅》

再春

虞美人

蔣捷

聽雨

少年聽雨歌樓上，紅燭昏羅帳。壯年聽雨客舟中，江闊雲低、斷雁叫西風。

而今聽雨僧廬下，鬢已星星也。悲歡離合總無情，一任階前、點滴到天明。

斷雁：失群的孤雁。
星星：形容頭髮斑白。

這首詞是作者晚年時所作，通過三個不同時期聽雨的感受，概括了少年、壯年和晚年的不同生活。少年時生活浪漫無憂無慮；壯年時流離飄泊感傷離亂；到晚年，因經亡國，寄居僧寺，悲苦淒涼。

孫志卓 繪

蔣捷《虞美人・聽雨》
歲次壬午秋月
志卓製

康莊 書

蔣捷詞《虞美人・聽雨》一首
貳千零三年六月
燕人康莊

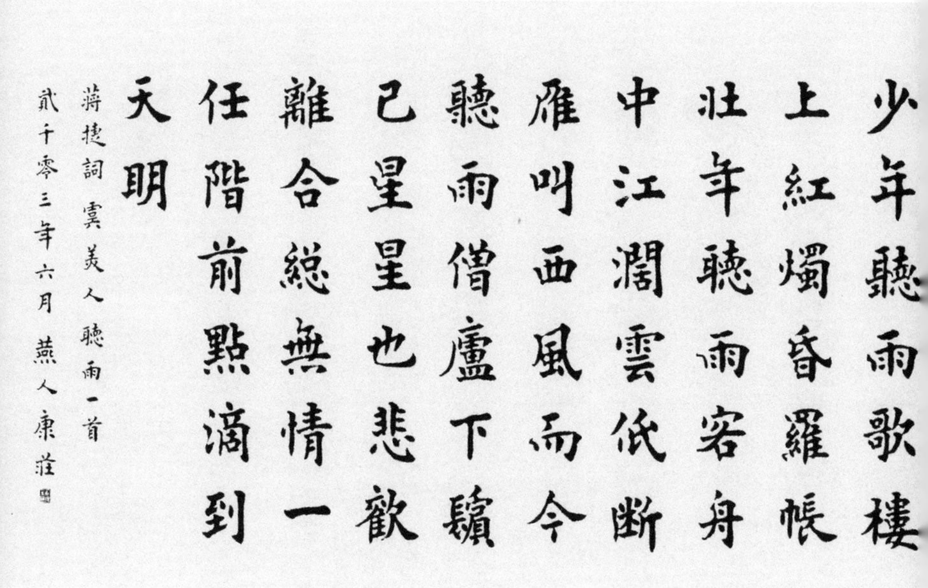
少年聽雨歌樓
上紅燭昏羅帳
壯年聽雨客舟
中江闊雲低斷
雁叫西風而今
聽雨僧廬下鬢
已星星也悲歡
離合總無情一
任階前點滴到
天明
蔣捷詞 虞美人聽雨一首
貳千零三年六月 燕人康莊

甘州

張炎

辛卯歲，沈堯道同余北歸，各處杭、越。逾歲，堯道來問寂寞，語笑數日，又復別去。賦此曲，並寄趙學舟。

記玉關、踏雪事清遊，寒氣脆貂裘。傍枯林古道，長河飲馬，此意悠悠。短夢依然江表，老淚灑西州。一字無題處，落葉都愁。

載取白雲歸去，問誰留楚佩，弄影中洲。折蘆花贈遠，零落一身秋。向尋常、野橋流水，待招來、不是舊沙鷗。空懷感，有斜陽處，卻怕登樓。

張炎出身貴胄世家，宋亡後，他曾試圖投靠新王朝，無奈進身乏術；想退居山林，亦尋不到安身之地。這使他頗多身世之感，這首詞表達的正是他這種進退失據的複雜心情。雖少了點慷慨激烈之音，但宛轉嗚咽處倒也足以動人。

辛卯歲：元世祖至元二十八年（一二九一）。

沈堯道：名欽，作者的朋友。

各處杭、越：沈欽回到南方後住在杭州，作者住在越州（今浙江紹興）。

趙學舟：即趙與仁，字元父，號學舟，是作者的朋友。一本作「贈心傳」，名遇，字心傳，曾與作者一道北上。

「記玉關」四句：據戴元表《送張叔夏西遊序》，張炎曾「以藝北遊，不遇；失意亟亟南歸，愈不遇」。四句蓋寫其北遊之事。

江表：江南。

「老淚」句：《晉書．謝安傳》載，羊曇受到謝安的器重，謝安去世後，羊曇為此一年不聽音樂，而且不再走謝安扶病還都時走過的西州城門。一日因酒醉誤至州門，發覺後痛哭而去。西州，古城名，在今南京西。此指臨安。

白雲：象徵隱居。陶弘景《詔問山中何所有賦詩作答》：「山中何所有，嶺上多白雲。只可自怡悅，不堪持贈君。」

「問誰」二句：化用屈原《九歌．湘君》：「捐余與玦兮江中，遺餘佩兮澧浦」，「君不行兮夷猶，蹇誰留兮中洲」詩意。

登樓：王粲有《登樓賦》，作者借用抒懷。

記玉關踏雪事
清遊寒氣脆
貂裘憑桂棹
古道長河
飲馬此憑悠
程誰依然江表
之淚洒西州
一字無題處
落葉都些
載取山雪偏
去同話商老颯
秦影中洲
折蘆花贈遠
零屋一身秋
白尋常野
橋流水待招
舟小足歸
沙鴻
吊懷感
向斜陽岸
都柏登樓
張炎
甘州
壬午年夏於
北京同仁

枯林
古道
壬午
同仁

王同仁

張炎《甘州》

壬午年夏於北京　同仁

枯林古道

壬午　同仁

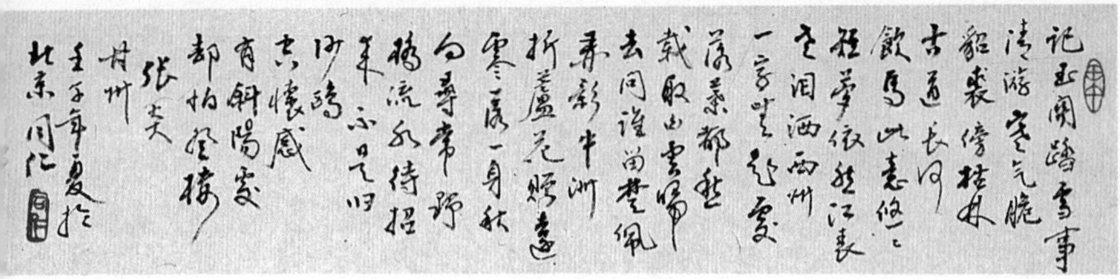

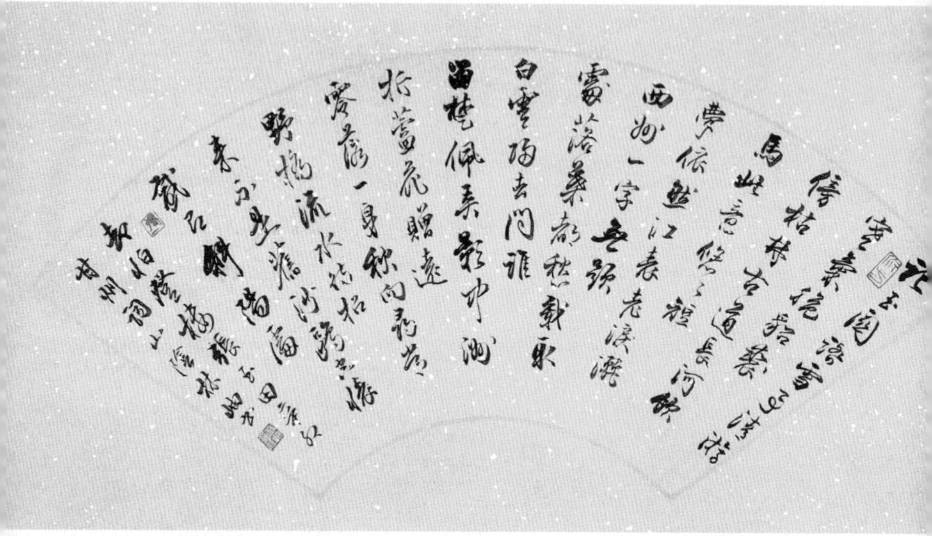

林岫

張玉田辛卯《甘州》詞

山陰林岫書

責任編輯　俞　笛
書籍設計　吳丹娜

書　　名　中華文化百家書　宋詞
主　　編　遲乃義　鉑　淳
出　　版　三聯書店（香港）有限公司
香港北角英皇道四九九號北角工業大廈二十樓
Joint Publishing (H.K.) Co., Ltd.
20/F., North Point Industrial Building,
499 King's Road, North Point, Hong Kong
香港發行　香港聯合書刊物流有限公司
香港新界大埔汀麗路三十六號三字樓
印　　刷　中華商務彩色印刷有限公司
香港新界大埔汀麗路三十六號十四字樓
版　　次　二〇一四年十二月香港第一版第一次印刷
二〇一六年六月香港第一版第二次印刷
規　　格　特十六開（137 × 230mm）三百二十八面
國際書號　ISBN 978-962-04-3656-7

Published in Hong Kong
本書中文繁體字版由中華書局（北京）授權出版